VERSUCHUNG

von Rebecca Hunter

*

Die „One More Night"-Serie

Vier Nächte.
Drei Städte.
Zwei Menschen, die vor ihrer Vergangenheit
davonlaufen.
Wird eine weitere Nacht jemals genug sein?
***

**Er war alles, was ich nie gewollt hatte ... und alles,
wonach ich mich sehnte.**

Als ich den öffentlichkeitsscheuen Autor Jonas
Hällström kennenlernte, warf ich alle Vorsicht über
Bord, obwohl alles an Jonas auf eine finstere
Vergangenheit hindeutete.

Die Art von Vergangenheit, der ich abgeschworen
habe.

Aber eine einzige Nacht wird mich nicht an meine
Grenzen bringen, oder?

***

Reihenfolge der Serie:
#1: Versuchung & Verführung
#2: Warnung & Erlösung

1

FÜR MEINE ERSTE Reise in ein fremdes Land schlug ich mich ganz gut. Ich hatte allerdings auch den ganzen Tag lang in meiner Muttersprache Englisch gearbeitet, es war also keine allzu große Herausforderung gewesen. Doch jetzt versuchte ich mein Glück in einem Pub. Einem Irish Pub, wo ich hoffentlich größere Chancen auf eine Bedienung hatte, die mich verstand. Falls nicht ... tja, dann musste ich mir eben etwas einfallen lassen. Ich hatte vor lauter Hunger das Hotel verlassen, ohne mir erst, wie üblich, die Haare sorgfältig glatt zu föhnen, und jedes Mal, wenn ich den Kopf drehte, hüpften mir meine roten, federnden Locken ins Blickfeld. Aber heute Abend war das unwichtig. Stockholm war schließlich nicht New York.

Ich winkte den Barkeeper heran.

„Englisch?" rief ich über den Lärm hinweg.

Er runzelte die Stirn, dann nickte er. „Ja."

„Einen Burger und ein Glas Rotwein, bitte."

Die Falten auf seiner Stirn wurden tiefer. Ich wartete, aber er starrte mich nur an.

Ich versuchte es noch einmal. „Einen Burger und ein Glas Wein, bitte."

Er nickte und wandte sich ab. Hm. Hieß das nun *Kommt sofort* oder *Ich gebe auf*?

Ich überließ das Schicksal meines Abendessens den Händen des Barkeepers und ließ den Blick durch den Raum schweifen, um einen halbwegs abgeschiedenen Sitzplatz zu finden. Eigentlich hatte ich beim Essen etwas lesen wollen, aber wenn es schon um sechs Uhr abends so laut im Pub herging, standen meine Chancen, hier arbeiten zu können, eher schlecht. Vielleicht würde ich mich doch mit der Minibar im Hotelzimmer begnügen müssen.

Ich schlüpfte in die hinterste Nische am Fenster, weit weg von dem lärmenden Fernseher. Dann zog ich den Stapel Manuskriptauszüge, die ich auf der Stockholmer Buchmesse mitgenommen hatte, aus meiner Tasche und blätterte die Seiten durch. Da war es. Das neueste Werk des öffentlichkeitsscheuen Jonas Hällström.

Ich sah mir die Titelseite an und runzelte die Stirn. Er hatte eigentlich persönlich auf der Messe sein sollen. Meine Wangen wurden rot. Ich hatte nämlich sogar noch eine ganze Weile am Tisch seines Verlegers gewartet, in der Annahme, dass der Autor so vieler düsterer Thriller-Bestseller sich auch tatsächlich blicken lassen. Aber das hatte er nicht.

Ich schob sein Manuskript ganz unten in den Stapel. Wo blieb mein Wein?

Ich sah durch den Pub hinüber zum Barkeeper und hielt verdutzt inne. Ein Mann starrte mich unverwandt an. Er hatte die Hände in die Hosentaschen gesteckt, was seine breiten, muskulösen Schultern betonte – Schultern, die eher in ein Fitnessstudio oder einen Boxring zu gehören schienen. Mit großen Augen gaffte er mich an, als ob er überrascht wäre, mich zu sehen. Als ob wir uns kennen würden. Aber das konnte nicht sein. Ich kannte niemanden diesseits des Atlantiks. Warum kam er mir dann so bekannt vor?

Der Mann machte sich quer durch den Raum auf den Weg zu mir, die Hände noch immer tief in den Taschen seiner Jeans. Unter den Ärmeln seines weißen T-Shirts lugten die Ansätze von Tattoos hervor, und alles an ihm strahlte so ein gewisses *Leg dich ja nicht mit mir an* aus. Alles – außer seinen Augen.

Vor meinem Tisch blieb er stehen, sagte jedoch nichts. Aus der Nähe wirkten seine Augen noch intensiver. Leuchtend blau mit langen dunklen Wimpern und Lachfältchen in den Winkeln. Und vor Überraschung weit aufgerissen. Keiner von uns beiden rührte sich. Sein Blick fiel auf meine Lippen, meinen Hals, und verharrte kurz, als würde er sich mein Aussehen einprägen. Ich konnte meine Augen nicht abwenden. Ich holte tief Luft und der warme Duft seines Körpers drang mir in die Nase.

„Kennen wir uns?" brach ich schließlich den Bann.

„Entschuldigung." Er trat ein Stück zurück.

Ich blinzelte und ließ den Blick über seine enormen Bizepse und seine muskulösen Unterarme schweifen. Er war genau der Typ Mann, um den ich in New York einen Riesenbogen machte. Und doch stand er hier, nah genug, dass ich ihn hätte berühren können.

„Ich wollte Sie nicht erschrecken", murmelte er. „Aber Sie sehen aus wie …"

Eine Falte erschien zwischen seinen Brauen und seine tiefblauen Augen suchten meinen Blick. Ich wartete auf den Rest des Satzes, doch er schwieg.

Jetzt starrte ich ihn an.

„Schön, Sie kennenzulernen, wer auch immer Sie sind", sagte ich und richtete mich auf.

Das brachte mir ein Lächeln ein. „Ich bin Jonas."

Er reichte mir die Hand. Sie war groß, warm und voller Narben an den Fingerknöcheln. Ich bemühte mich, nicht hinzustarren. Wirklich. Bei einem bloßen Händedruck konnte er doch bestimmt nicht spüren, wie heftig mein Puls pochte, oder? Sein Akzent klang nach einer Mischung aus Schwedisch und etwas anderem – Irisch? Und seine Stimme war tief und rau, so als hätte er in seinem Leben schon jede ganze Menge Zigaretten geraucht.

Moment. War er etwa ...? Das grobkörnige Foto auf der Rückseite seiner Bücher wurde ihm nicht gerecht. Er sah viel größer aus, besonders aus der Nähe.

„Jonas Hällström?"

Er versteifte sich. Kurz schweiften seine Augen über mein Gesicht, dann entspannte er sich wieder.

„Ja", erwiderte er langsam. „Es überrascht mich, dass Sie mich erkannt haben."

Ich schluckte und steckte mir eine widerspenstige Haarsträhne hinters Ohr. Zehn Jahre lang war es mir gelungen, Kerle wie Jonas keines zweiten Blicks zu würden. Einen Kerl mit finsteren, sexy Augen und einer tiefen Stimme, der aussah, als könnte er jeden hier in der Kneipe mit Leichtigkeit windelweich prügeln. Verdammt. Offensichtlich hatte ich meine Schwäche für gefährliche Typen trotz aller Bemühungen noch immer nicht überwunden.

Aber ich war hier schließlich in Stockholm und würde das Land morgen schon wieder verlassen. Also bestand sicher kein Risiko darin, mir eine kleine Schwärmerei für den falschen Kerl zu erlauben. Mich einfach nur ein bisschen mit ihm zu unterhalten, und das war's dann.

„Ich bin Alice", stellte ich mich mit meiner einstudierten Geschäftsstimme vor.

Seine Mundwinkel wanderten nach oben.

„Ich weiß auch, wer Sie sind", erklärte er. „Alice O'Connor, Einkäuferin für das Verlagshaus

Boars & Allen. Sie haben heute mein Manuskript mitgenommen."

Oh. Klar, natürlich. Er flirtete gar nicht mit mir. Hier ging es nur um sein Buch. Aber mein Herz pochte wie wild, als er meinen Namen aussprach – *Ah*-lies. Und so, wie er mich noch vor wenigen Minuten angestarrt hatte, das hatte doch nichts Geschäftsmäßiges an sich ... oder etwa doch? Ich spürte, wie mir im Nacken ganz heiß wurde. Verflixt. Ich lief rot an. Ich strich mir ein paar wilde Locken aus dem Gesicht. Mal wieder typisch für mich, dass ich ausgerechnet jetzt keinen Haargummi dabeihatte.

„Darf ich mich setzen?" fragte er.

Das war meine Chance, Nein zu sagen. Und das Ganze gleich im Keim zu ersticken.

„Ja, natürlich", hörte ich mich sagen.

Ich hatte erwartet, dass er mir gegenüber Platz nehmen würde, doch stattdessen rutschte er neben mich, bis sein Bein neben meinem lag. Wie gut er roch! Nein, gut war nicht das richtige Wort. Köstlich. Er hatte offenbar frisch geduscht, und ich nahm einen tiefen Atemzug vom Duft seines Aftershaves, bevor ich mir bewusst wurde, was ich da tat. Mein Herz raste. Er legte die Arme auf den Tisch und ich bemühte mich, ihn nicht anzustarren. Ehrlich, ich bemühte mich sehr.

„Ich habe Sie heute auf der Buchmesse gar nicht gesehen." Definitiv nicht. Ein Mann wie er wäre mir nicht entgangen.

„Ich war da und habe an meinem Charme

gearbeitet, wie mein Verleger immer gern sagt." Er lächelte schief.

„Und jetzt möchten Sie ihn an mir ausprobieren?"

„Das tue ich bereits. Merkt man das nicht?" Seine durchdringend blauen Augen funkelten.

„Ich bin überwältigt." Ich lachte kurz auf. „Worum geht es denn in Ihrem Buch?"

„Um nichts, das Sie interessieren würde." Er fuhr sich mit der Hand durch die Haare, und einen Augenblick lang geriet sein Lächeln ins Wanken.

Ich zog eine Augenbraue hoch. „Woher wollen Sie denn wissen, was mich interessiert?"

Jonas' Augen wurden größer und er sah mich aufmerksam an.

„Das weiß ich nicht", sagte er leise.

Er sah mich noch immer unverwandt an und auf einmal war ich mir nicht mehr sicher, ob wir noch über sein Buch sprachen. Erneut kroch mir die Hitze den Nacken hinauf. Dieser Mann strahlte eine so heißblütige Energie aus, die ganz und gar nicht zu der sterilen Neonröhrenatmosphäre einer Buchmesse passte.

Irgendwann während unserer Unterhaltung war er wieder näher gerückt. Ich holte tief Luft. Was machte ich hier?

Nichts, das ich nicht einfach wieder hätte beenden können.

Jonas räusperte sich und richtete sich auf. „Aber mein Buch hat sich als – wie sagt ihr amerikanischen Verleger so schön – nicht marktfähig entpuppt."

„Schweden hat neun Millionen Einwohner, die USA 300 Millionen", hielt ich ihm entgegen. „Wenn sich Ihr Buch in Schweden verkauft, warum dann nicht auch in den USA? Die Zahlen sind auf Ihrer Seite."

Er schmunzelte. „Ihre Logik gefällt mir." Langsam verblasste sein Lächeln, bis er mich so intensiv ansah, dass ich den Blick abwenden musste.

„Sie sind nicht so, wie ich erwartet hatte", sagte ich leise.

Er stieß einen langen Atemzug aus. „Also, Alice O'Connor, was machen Sie hier, so ganz ohne etwas zu essen oder einen Drink?"

Ich zuckte mit den Schultern. „Ich dachte eigentlich, ich hätte mir schon etwas bestellt, aber vielleicht müssen Sie mir zuerst ein bisschen Schwedisch beibringen. Ich war davon ausgegangen, in einem Irish Pub mit meinem Englisch auf der sicheren Seite zu sein, aber da lag ich wohl falsch."

Seine Mundwinkel zogen sich nach oben. „Ich kann Ihnen gern ein Bier holen gehen."

Ich runzelte die Stirn. „Ich mag kein Bier."

„Was für eine Amerikanerin mag denn kein Bier?"

Ich verdrehte die Augen. „Na, ich eben. 300 Millionen Menschen, schon vergessen?"

„Alles klar", sagte er. „Was möchten Sie?"

„Ich hatte ein Glas Rotwein bestellt, aber das

kann ich mir auch selbst holen", erwiderte ich.

Er sah mich aufmerksam an. „Alice, ich würde Ihnen den Wein wirklich gern holen gehen. Ich esse hier mehrmals die Woche zu Abend und bin mir ziemlich sicher, dass ich mich mit dem Kerl hinter der Bar verständigen kann."

Wie sollte ich dazu nein sagen? Ich setzte gerade dazu an, mich bei ihm zu bedanken, doch als ich seinen Blick auffing, verstummte ich. Eine unausgesprochene Frage stand in seinen Augen, doch ich hatte keine Ahnung, welche. Oder vielleicht ja doch.

„Und was möchten Sie essen?"

„Einen Hamburger", erklärte ich und hoffte, dass meine Stimme halbwegs normal klang.

Er nickte. „Bin gleich wieder da."

Er glitt aus der Nische und ging hinüber zur Bar. Instinktiv fuhr ich mir mit der Hand durch die Haare. Warum hatte ich sie mir nicht glatt geföhnt? Ich war vorhin nur kurz unter die Dusche gesprungen und jetzt kräuselten sie sich wahrscheinlich wild in alle Richtungen. Ich atmete tief ein.

Vergiss deine Haare. Rede einfach über seine Geschichte. Und denk an Schnee. Und Eis.

Doch mein Versuch, meine Gedanken wieder abzukühlen, scheiterte kläglich, als Jonas zurückkam und sich neben mich setzte. Er schob mir ein Glas Wein vor die Nase und trank einen Schluck von etwas, das wie Wasser aussah.

„Danke. Möchten Sie nichts?" fragte ich und

meine Stimme klang kehlig und anzüglich. Verdammt.

Seine Augen weiteten sich und sein Blick wurde ganz heiß. Dann schüttelte er den Kopf. „Heute Abend nicht."

Ich nippte an meinem Wein und hoffte, er würde meine Nerven ein wenig beruhigen. Jonas' Bein lag wieder an meinem, aber ich rückte nicht von ihm ab. Wieso zeigte ich diesem Mann nicht einfach die kalte Schulter? So, wie ich es mir schon in der Highschool antrainiert hatte, als Kerle wie er mich noch in Versuchung führen konnten.

Ich schluckte und drehte mich zu Jonas um.

„Mal abgesehen davon, dass Sie in der Nähe wohnen, was tun Sie hier? Bin ich etwa in Stockholms geheimen Schriftstellertreff hineingestolpert?"

Jonas schüttelte den Kopf. „Ich habe Sie durchs Fenster gesehen."

Ich biss mir auf die Lippe. Er musterte mich erneut und völlig unverhohlen. Jedes Mal, wenn ich seinen Blick auffing, fiel es mir schwer, mich daran zu erinnern, was ich hatte sagen wollen.

„Warum wollten Sie denn mit mir reden?" fragte ich schließlich.

Er lehnte sich zurück und hatte wieder dieses amüsierte Grinsen im Gesicht. „Mit der Antwort darauf werde ich wohl nicht groß punkten können, oder?"

„Wie meinen Sie das?"

„Na ja, ich könnte Ihnen den Grund nennen,

aus dem ich Ihrer Meinung nach hier bin", erklärte er. „Sie glauben, ich bin hier, um Sie für mein Buch zu gewinnen und Sie mit nicht sehr ehrenwerten Mitteln dazu zu bringen, es Ihrem Chef zu verkaufen. Und wenn ich Ihnen das erzählen würde, würden Sie es mir glauben, aber damit wäre die Unterhaltung beendet."

Jonas ließ mich nicht aus den Augen, während er sprach. Er stützte einen Arm auf den Tisch und beugte sich näher zu mir. Seine vollen Lippen – so weich und einladend – waren nur Zentimeter von meinen entfernt. Ich schnappte leise nach Luft. Dieser Kerl war wirklich verdammt selbstsicher.

„Aber wenn ich Ihnen die Wahrheit sage, ergreifen Sie vielleicht auch die Flucht. Wenn auch aus anderen Gründen." Er seufzte, aber ein Grinsen umspielte seinen Mund. „Wir werden es bald herausfinden."

Ich konnte mich kaum auf das konzentrieren, was er sagte. Seine tiefe, verführerische Stimme ging mir durch und durch und ließ meinen Körper erwachen. Trieb er hier etwa Spielchen mit mir? Ich drehte den Kopf, um ihn über den Lärm im Pub hinweg zu hören, und wich seinem Blick aus. Seine Hand streifte meine Wange, als er eine Haarsträhne löste, die ich mir hinters Ohr gesteckt hatte.

„Als ich Sie heute Morgen gesehen habe, musste ich Sie einfach kennenlernen", flüsterte er. „Aber als ich endlich zum Tisch kam, waren Sie schon weg."

Seine dunklen Augen funkelten. Er hatte mich auf der Stockholmer Buchmesse gesehen. Ich war ihm aufgefallen.

„Das hier ist meine zweite Chance, den besagten Charme spielen zu lassen, an dem ich gearbeitet habe", erklärte er und lehnte sich zurück. Jetzt klang seine Stimme wieder lässig. „Und vielleicht auch meine letzte Chance. Sie sind ja vermutlich nicht lange in Stockholm."

Ich schüttelte langsam den Kopf. „Ich reise morgen nach Dänemark."

„Ah, na ja ..." Seine Stimme verklang und er nahm noch einen Schluck von seinem Wasser. „Nicht gerade viel Zeit. Aber ich glaube, damit kann ich arbeiten."

Ich setzte mich ein wenig aufrechter hin. „Was schwebt Ihnen da vor?"

Jonas lachte leise auf, ein tiefer, knurrender Laut, bei dem mir eine Hitzewelle durch den Körper rauschte. „Ich weiß nicht genau, wie ich das beantworten soll."

Mein Gesicht glühte schon wieder. Das musste an diesem Akzent liegen. Seine sexy Mischung aus Irisch und Schwedisch verlieh allem, was er sagte, einen leicht unanständigen Unterton. Woran war ich denn eigentlich interessiert? Bevor ich mich eines Besseren besinnen konnte, wanderte mein Blick zu seinen weichen, vollen Lippen und der schmalen Narbe an seinem Kiefer. So eine Narbe hatte er nicht vom Schreiben.

„Sie haben eine ziemlich intensive

Ausstrahlung", sagte ich. „Wissen Sie das eigentlich?"

Jonas schmunzelte. „Das hat man mir schon ein paarmal gesagt. Alles oder nichts."

„Bei Ihnen scheint das ja gut zu funktionieren."

„Manchmal." Er seufzte. „Beim Schreiben hilft es definitiv. Aber es hat mir auch schon eine Menge Ärger eingebracht."

Meine Ahnung war also richtig gewesen. Ich hatte binnen Sekunden erkannt, dass er Ärger bedeutete, und soeben hatte er es bestätigt. Aber ich würde morgen abreisen, spielte es denn da überhaupt eine Rolle? Vielleicht schon. Bevor ich ihn fragen konnte, in welche Art von Ärger er hineingeraten war, erschien der Barkeeper und brachte uns zwei Burger. Er stellte sie auf den Tisch und sagte ein paar mir unverständliche Worte zu Jonas, bevor er wieder zur Bar zurückging.

Jonas drehte sich zu mir. „Ich habe einen mit Käse und einen ohne bestellt. Für alle Fälle."

„Ohne, bitte", sagte ich.

Er stellte mir einen der Burger hin, dann widmete er sich seinem eigenen. Jetzt war ich dankbar dafür, dass er neben mir und nicht mir gegenübersaß, denn so konnte ich unbeobachtet essen. Zwischen den Bissen musterte ich ihn verstohlen. So dicht neben mir auf der Sitzbank wirkte er noch größer. Diese Kombination aus Muskeln und *Leg-dich-ja-nicht-mit-mir-an-*Ausstrahlung war unmöglich zu übersehen. Sein muskulöser Oberschenkel berührte meinen noch immer und mein ganzer Körper war wie elektrisiert. Seine Fingerknöchel waren vernarbt – die Art von Narben, die mir nur allzu vertraut waren. In meiner Gegend damals hatte ich miterlebt, bei welchen Kämpfen man solche Narben bekam. Aber da war noch irgendetwas anderes an ihm. Im Gegensatz zu den Typen aus meinem alten Viertel, die solche Kämpfe betrieben, besaß er nicht diese gewisse Rastlosigkeit. Er wirkte vollkommen zufrieden damit, einfach nur schweigend neben mir zu essen.

Er war als Erster fertig und wandte sich dem Spiel im Fernseher zu, sodass ich in Ruhe meinen Burger zu Ende essen konnte. Ein paar Männer kamen an unserem Tisch vorbei und nickten Jonas zu, und er nickte zurück, aber sein Blick war jetzt härter, kälter.

Ich steckte mir den letzten Bissen in den Mund und schob meinen Teller beiseite. Während ich mir eine widerspenstige Haarsträhne hinters Ohr klemmte, suchte ich nach einem unverfänglichen Gesprächsthema. Aber eine Frage nagte nach wie vor hartnäckig an mir: Warum saß ich immer noch hier bei ihm?

Darauf wollte mir keine gute Antwort einfallen, also griff ich nach den Manuskripten auf dem Tisch und zog seines unter dem Stapel hervor. Jonas drehte sich wieder zu mir um und sein Gesichtsausdruck wurde weicher.

„Sie sind also Jonas Hällström, Autor einer ganzen Reihe sehr erfolgreicher Thriller", sagte ich.

„Und jetzt haben Sie ein nicht marktfähiges Buch geschrieben. Das macht mich neugierig."

Jonas holte tief Luft und runzelte leicht die Stirn. Er verschränkte die Arme und sah mich direkt an. Jetzt flirtete er nicht mehr mit mir. „Ich gebe Ihnen die Kurzfassung. Es ist eine Beziehungsgeschichte zwischen einem Schweden und einer rothaarigen Amerikanerin, aber sehr düster und mit jeder Menge Sex."

Ich verengte die Augen. „Denken Sie sich das jetzt gerade aus?"

„Wie kommen Sie denn darauf?" Sein Gesichtsausdruck wirkte jetzt nicht mehr ganz so ernst.

Ich musste schmunzeln. Zog er mich tatsächlich auf?

„Okay", sagte ich, „eine internationale Beziehung, düster, jede Menge Sex – klingt für mich jetzt nicht hoffnungslos marktunfähig."

Er hob eine Augenbraue. „Das dachte mein Verleger auch. Aber anscheinend gilt ein Roman über eine destruktive Beziehung mit düsterem Sex, wenn er von einer Frau geschrieben wird, als Liebesroman. Schreibt ein Mann so eine Geschichte, ist es gleich frauenverachtende Pornografie."

Ich lachte kurz prustend auf. Und hoffte, dass es unbeschwert klang. Und die Tatsache überspielte, dass mir bei den Worten *düsterer Sex* der Atem gestockt war. Verdammt. Ich dachte, diese Neugier hätte ich längst abgehakt. Es war wohl am besten, wenn ich mich auf den Teil konzentrierte, wo von der *destruktiven Beziehung* die Rede war.

Aber halt, er sprach doch von seinem Buch, nicht von sich selbst, oder? Vielleicht ja doch. Mein Herz pochte noch heftiger.

Mir verging das Lächeln, als ich seinen Blick auffing. Er sah mich durchdringend an, beobachtete alles, was ich tat. Er gab mir zu verstehen, dass ihm gefiel, was er sah. Und auch mir gefiel, was ich sah. Sehr. Wenn ich morgen nach Kopenhagen abreiste, spielte es da eine Rolle, was heute noch passieren würde? Vielleicht könnte ich es ja einfach mal ausprobieren. Das war etwas, das ich in New York nie und nimmer tun könnte.

Ich blätterte die ersten Seiten seines Manuskripts durch, um Zeit zu schinden.

Da fiel mein Blick auf drei Worte in der Mitte der Seite: *lockiges rotes Haar*. Die Amerikanerin in seiner düsteren, vor Sex nur so strotzenden Geschichte hatte lockiges rotes Haar. Also hatte er sich das gerade eben nicht einfach bloß ausgedacht.

„Jetzt verstehen Sie, warum ich heute Morgen mit Ihnen reden wollte", sagte er leise. „Aber mit dieser Kulisse hatte ich nicht gerechnet." Er machte eine Handbewegung durch die Kneipe, dann lächelte er. „Ihr glattes Haar von heute Morgen ist jetzt sogar lockig."

Ich schloss die Augen. In diesem Moment war ich wieder mein altes Ich, damals in Brooklyn, nicht die Frau, zu der zu werden es mich so viel harte Arbeit gekostet hatte. Jene andere Version von mir. Und das wollte ich noch bisschen länger auskosten.

Ich holte tief Luft und öffnete die Augen. Jonas beobachtete mich immer noch, sein Blick dunkel und vielsagend. Wen sah er, wenn er mich ansah?

Meine Frage von vorhin schoss mir erneut durch den Kopf: Woran war ich interessiert? Ich wusste immer noch keine Antwort.

Ich sah auf das Manuskript hinab und blätterte darin herum. Weitere Sätze sprangen mir ins Auge: ... *sie raffte ihren Rock und setzte sich rittlings auf ihn ... sie kniete vor ihm nieder und leckte sich die Lippen ...*

Verdammt. Ich hatte mich noch nie rittlings auf meinen Ex-Freund gesetzt oder war vor ihm auf die Knie gegangen und hatte mir über die Lippen geleckt, nicht einmal am Anfang. Jonas hingegen sah aus wie ein Mann, der schon sehr oft in seinem Leben von einer Frau geritten worden war.

„Wissen Sie, ich bin nicht die Frau aus Ihrem Buch", sagte ich.

Jonas nickte langsam. „Ich weiß. Und ich bin auch nicht der Mann daraus. Nicht mehr."

Er spielte mit ein paar meiner Locken und ließ seine Hand über meine Schulter streifen. Gänsehaut lief mir den Arm hinab. Wie würden sich seine großen, warmen Hände wohl auf meiner nackten Haut anfühlen? Ich wollte es wissen.

Er beugte sich vor und flüsterte mir ins Ohr: „Aber jeder von uns hat verschiedene Seiten. –

Seiten, die wir nicht immer offen zeigen, nicht wahr?"

Ich schloss die Augen und schluckte schwer. Oh, Gott. Ein einziges Mal könnte ich die Art von Frau sein, die diesen Mann rittlings besteigen würde. Die vor ihm auf die Knie ging. Die einen Mann mit einem *Leg-dich-ja-nicht-mit-mir-an*-Körper dazu brachte, sich nach ihr zu verzehren.

Und Stockholm war geradezu der ideale Ort dafür. Weil ich hier niemanden kannte. Weil ich angesichts meines Kontostands mit hoher Wahrscheinlichkeit nie wieder hierherkommen würde.

Ich machte die Augen wieder auf. Jonas hatte den Kopf von mir abgewandt und beobachtete die Gäste, die inzwischen dicht gedrängt an der Bar standen. Der Raum war erfüllt vom Stimmengewirr etlicher Männer, die lautstark mit dem Fußballspiel auf dem Fernsehbildschirm mitfieberten und sich gegenseitig etwas zuriefen. Einer schubste einen anderen, doch beide lachten nur.

Jonas stützte die Arme auf den Tisch und trank einen Schluck von seinem Wasser.

„Gibt's hier auch schon mal Krawall?" fragte ich.

Jonas runzelte die Stirn. „Meistens nur an den Wochenenden." Er zeigte auf den Fernsehbildschirm. „Aber heute Abend läuft ein wichtiges Spiel. Machen Sie sich keine Sorgen."

Weil ich mit ihm zusammen hier war. Er brauchte die Worte nicht auszusprechen. Er rückte näher an mich heran, sein breiter, muskelbepackter Oberschenkel drückte gegen meinen und sein Körper schirmte mich von der Menge ab.

Wie es wohl war, in Jonas' Haut zu stecken und in dem Wissen durch die Welt zu gehen, dass man es mit jedem aufnehmen konnte? Ich sah auf seine vernarbten Knöchel hinab, als er sein Glas hob. Kein leichtes Leben. Er hatte mehr getan als andere nur einzuschüchtern.

Kerle mit solchen Knöcheln hatten in meiner alten Straße in Brooklyn in Gruppen zusammengehockt und anderen den Weg zur Schule versperrt. Auch ihre Arme waren mit Tattoos verziert gewesen, meistens irgendein Mix aus religiösen und Softporno-Motiven. Mit solchen Kerlen konnte ein Mädchen eine Nacht lang Spaß haben. Das stand außer Frage.

Aber nie im Leben wurden aus diesen Kerlen Schriftsteller. Wer also *war* dieser Jonas Hällström, mit seinen vernarbten Knöcheln und seinen harten Muskeln und seinen paar Dutzend veröffentlichten Büchern?

Er setzte sein Glas ab. Von einem Mann wie ihm hätte ich eigentlich erwartet, dass er inzwischen mindestens schon drei Biere weggekippt hätte. Ich streifte ihm mit den Fingern über die Hand, bevor mir bewusst wurde, was ich da tat. Hastig zog ich meine Hand zurück.

„Entschuldigung."

Jonas lächelte. „Meinetwegen müssen Sie nicht aufhören."

Seine tiefblauen Augen wirkten aufrichtig und einladend, und er schien auf meinen nächsten Schritt zu warten. Ich nahm meine Hand vom Tisch. Vielleicht sollte ich meine Fragen einfach laut aussprechen, statt sie bloß in Gedanken hin und her zu wälzen und dabei noch weitere Dummheiten zu begehen.

„Wie sind Sie Schriftsteller geworden?" fragte ich.

Es war eine schlichte, harmlose Frage, aber sofort verhärtete sich sein Gesichtsausdruck. Er wandte sich ab.

„Nicht so wichtig", ruderte ich zurück und sah in mein Glas hinab.

Er schüttelte den Kopf und als er sich wieder zu mir umdrehte, erhaschte ich flüchtig etwas anderes in seiner Miene. Bedauern?

Er strich mir mit dem Handrücken über den nackten Arm und mir lief ein köstlicher Schauer über den Rücken. Ich wandte mich ihm zu und er hob die Hand zu meinem Gesicht. Dann streichelte er mir mit einer Sanftheit über die Wange, wie ich sie niemals von einem Mann wie ihm erwartet hätte. Aber vielleicht hatte ich auch einfach keine Ahnung, was für ein Mann er war.

„Wenn Sie die Antwort wirklich wissen wollen, werde ich sie Ihnen geben", erklärte er leise. „Sie können es auch jederzeit online nachlesen. Aber ich würde lieber nicht darüber reden. Nicht heute Abend."

Ich schmiegte mich an seine Hand. „Aber

mehr als heute Abend haben wir nicht."

„Mag sein."

Ich wartete, doch er schwieg wieder. Er strich mir mit dem Daumen über die Kieferpartie und sein Gesichtsausdruck wurde etwas weicher.

„Was darf ich denn fragen?"

Jonas zuckte mit den Schultern. „Was wollen Sie denn noch wissen?"

Wo sollte ich anfangen? Mir schwirrten hundert Fragen zu seiner Vergangenheit durch den Kopf. Und vermutlich würden alle das gleiche Misstrauen in seinen Augen wecken. Vielleicht sogar den harten Blick, mit dem er die anderen Männer in der Kneipe bedachte.

Er ließ seine warme Hand zu meiner Schulter wandern und sie dort verharren. Mein ganzer Körper kribbelte unter der gemächlichen Liebkosung seiner Finger. Er beobachtete mich immer noch abwartend.

Ich sah ihm fest in die Augen. „Wenn Sie irgendwo anders hin könnten, wo wäre das?"

„Um dort zu leben oder als Urlaub?"

„Egal."

„Es gibt eine Menge Gründe, warum ich nie aus Stockholm wegziehen würde, aber für einen Urlaub?" Er schloss die Augen und lächelte. „Wenn es nach mir ginge, wären wir jetzt in Paris."

Wir. Nicht bloß er. Was stellte er sich denn vor, das wir zusammen tun würden?

„Was ist mit Ihnen?", fragte er. „Wohin möchten Sie gern?"

Ich zuckte die Schultern. „Paris hört sich gut an. Ich würde überall hinreisen, solange es nicht in den USA liegt." Ich hielt inne. „Wissen Sie, das ist meine erste Auslandsreise überhaupt. Bis vor ein paar Wochen besaß ich noch nicht einmal einen Reisepass."

„Umso mehr ein Grund, es zu tun", erwiderte er leise.

War aus unserem Geplänkel mehr als reines Wunschdenken geworden? Mein Ex-Freund und ich hatten es nie weiter als bis nach New Jersey geschafft, aber Jonas sah aus, als würde er es ernst meinen. Ich runzelte die Stirn. Wozu die Vorfreude auf etwas wecken, das nie passieren würde?

Eine tiefe Falte erschien zwischen seinen Brauen und er zog seine warme Hand weg.

„Ich will Sie nicht verschrecken", erklärte er und rückte ein Stück ab. „Ich bin nur hergekommen, um eine Weile bei Ihnen zu sitzen. Mich mit Ihnen zu unterhalten."

Mein Stirnrunzeln vertiefte sich. Machte er jetzt etwa einen Rückzieher? Es war ein so intimer Augenblick gewesen, doch Jonas hatte ihn beendet und sah aus, als wäre er drauf und dran, sich ganz zu verabschieden.

Jetzt oder nie! Wenn ich eine Kostprobe von diesen Typ Mann, dem ich vor langer Zeit abgeschworen hatte, haben wollte, war das hier meine Chance. Die erste Nacht barg nie irgendwelche Risiken. Ein Kerl wie er fuhr am Anfang immer nur die tollen Dinge auf. Bis er ein

Mädchen am Haken hatte. Dann kamen die destruktiven Seiten zum Vorschein.

Bevor mein gesunder Menschenverstand dem Ganzen einen Riegel vorschieben konnte, platzte ich heraus: „Und was ist, wenn ich mehr will?"

Jonas wurde ganz ruhig und seine Augen verdunkelten sich. „Wollen Sie das denn?"

Ich schluckte und nickte. Dann lehnte ich mich vor und drückte meine Lippen auf seine. Er stöhnte leise auf, also tat ich es noch einmal. Ich nahm seine Unterlippe zwischen meine und spürte einen Hauch von Bartstoppeln, eine Mischung aus weich und rau. Er legte seine warme Hand an meine Wange und zog den Kopf ein Stück zurück. Mit bohrendem Blick sah er mir in die Augen. Jetzt oder nie.

„Willst du denn mehr?" fragte ich.

Er verzog den Mund zu einem verruchten Lächeln. „Aber ja, verdammt."

„Gut. Aber erst muss ich noch mit dem Barkeeper sprechen."

2

WIR TRATEN aus dem Pub und die kühle Abendluft ließ mich frösteln.

„Können wir auf dem Weg zu meinem Hotel noch ein bisschen herumlaufen?", fragte ich. „Ich war noch nie in Stockholm."

„Klar", sagte er. „Gehen wir den Hügel rauf."

Wir bogen in eine schmale Kopfsteinpflasterstraße ein. Jonas schob die Hände in die Taschen und ging dicht neben mir her. Ich konnte nicht fassen, wie groß und muskulös er war. Er fiel einfach auf. Die Männer, an denen wir auf der Straße vorbeikamen, wichen ihm aus, und die Frauen musterten ihn. Jonas hielt den Kopf gesenkt, als ob er nichts davon bemerkte. Oder als ob es ihm egal wäre.

Es gab zahllose Gründe, weshalb Jonas

keinen guten Freund abgeben würde. Zuerst einmal war da die Art, wie Frauen ihn ansahen. Ich würde mich ständig fragen, ob er nicht eines Tages doch hochsehen und all die süßen jungen Dinger bemerken würde, die ihn diesen gewissen Hauch länger ansahen. Wenn wir unseren Spaß gehabt hätten, würde er mich wahrscheinlich für eine weniger verschlossene Frau verlassen. Eine jüngere.

Aber er war ja gar nicht mein Freund. Ich hatte ihn nur jetzt, nur heute Nacht. Was danach kam, konnte mir egal sein.

„Ich kann nicht fassen, dass du den Barkeeper nach persönlichen Dingen über mich ausgequetscht hast", bemerkte Jonas schmunzelnd, und seine Brust streifte meine Schulter, als wir an einem Paar auf der Straße vorbeigingen.

Ich zog eine Augenbraue hoch.

„Immerhin hat er mich diesmal verstanden", erwiderte ich. „Eine Frau kann heutzutage gar nicht vorsichtig genug sein. Außerdem hat er mir erzählt, dass du dich jeden Sonntag dort mit deiner Mutter zum Essen triffst, was ich ziemlich goldig finde."

Jonas lachte auf. „Goldig? Das ist neu."

„Nicht goldig?" Ich hob erneut die Augenbraue. „Du bist der Schriftsteller. Welches Wort würdest du denn wählen?"

Er lächelte leicht, gab mir aber keine Antwort. Wir gingen eine weitere Seitenstraße hinab, die an einer belebten Kreuzung endete. Neben einer alten, hölzernen Eingangstür blieb Jonas stehen, und ich drehte mich um und sah ihn an. Seine Augen waren ganz dunkel und voller Feuer.

„Du willst wissen, wie ich bin?", fragte er.

Ich nickte und lehnte mich gegen das Gebäude. Gespannt wartete ich darauf, was er wohl sagen würde. Aber er schwieg.

Jonas trat ein paar Schritte näher und sah mich durchdringend an. Er bewegte sich ganz langsam und ließ mir damit alle Zeit der Welt, einen Rückzieher zu machen. Was ich nicht tat. Er stützte sich mit den Händen rechts und links von mir gegen die Wand. Sein Blick wurde schwer, während er mich beobachtete. Ich holte zitternd Luft.

Verdammt, war das heiß.

Jonas kam noch näher und legte mir eine Hand ans Gesicht, so wie er es im Pub getan hatte. Aber diesmal ließ er sie nicht einfach dort verharren. Langsam und sanft streichelte er meine Wange und zeichnete mit dem Daumen die Kontur meiner Lippen nach, bis ich sie teilte. Er hob mein Kinn an. Ich ließ den Blick nach oben wandern, über seine lange, schmale Narbe, die unter den Bartstoppeln kaum zu sehen war, bis hinauf zu seinen funkelnden blauen Augen. Sie erwiderten meinen Blick hoffnungsvoll und verdunkelten sich einen Hauch, als er seinen üppigen, sinnlichen Mund auf meine Lippen legte. Warm. Einladend. Mir war schwindelig vor Erleichterung. Endlich.

Ich öffnete den Mund und strich ihm mit der Zunge über die Unterlippe. Als ich ihm die Finger ins Haar schob, stöhnte er leise. Er ließ seine großen

Hände über meine Hüften wandern und ich drängte mich an seinen langen, muskulösen Körper. Sein Griff wurde fester und sein Kuss hungriger. Seine Zunge kostete meine, tanzte mit ihr, ein Vorgeschmack auf mehr. Der Kuss im Pub kam nicht ansatzweise an das hier heran. Ich krallte die Finger in seine Haare und hielt ihn fest, als ich den Kuss vertiefte.

Ein tiefes Stöhnen grollte in seiner Brust. Er zog sich zurück und fuhr mir mit den Zähnen über die Unterlippe.

„So bin ich", flüsterte er. „Willst du das?"

Ich nickte langsam, noch ganz benommen von dem Kuss. „Ich glaube, ich bin jetzt genug durch Stockholm gewandert. Lass uns zurück in mein Hotel gehen."

Er lächelte. „Dann springe ich lieber schnell noch in einen Laden."

ICH GING SCHWEIGEND durch den Flur im fünften Stock. Auch Jonas sagte nichts. Er hatte mir seine große Hand ins Kreuz gelegt, eine physische Mahnung an das, was gleich folgen würde.

Vor meinem Zimmer blieb ich stehen und meine Finger zitterten, als ich in meiner Handtasche nach dem Zimmerschlüssel suchte. Konnte ich das hier wirklich durchziehen? Ich wollte es so sehr. Nur für diese eine Nacht fühlte ich mich wieder an die Highschool zurückversetzt, in die Zeit, bevor mein Vater zum allerletzten Mal zurückgekommen war. Bevor ich Männern wie Jonas abgeschworen hatte. Und es fühlte sich gut an.

Nur eine Nacht. Keine Gefahr, mich zu tief zu verstricken.

Außerdem war es immer noch möglich, dass Jonas seinen Charme einzig und allein seines Buches wegen spielen ließ. Je mehr wir uns unterhalten hatten, desto unwahrscheinlicher war mir diese Möglichkeit zwar erschienen, aber selbst wenn dem so wäre, spielten Jonas' Beweggründe keine Rolle. Diese Nacht war meine einzige Chance, jenes andere Leben zu kosten, dem ich den Rücken gekehrt hatte.

Als das Schloss endlich aufsprang, sah ich hoch. Jonas' Blick war sanft und ruhig.

„Alles okay?", fragte er. „Du kannst das hier immer noch abblasen."

„Ich tue so etwas normalerweise nicht. Nichts, was dem auch nur nahekäme", erklärte ich. „Aber ich will es. Ich bin eher nervös wegen dem, was ich will, als deswegen, wie weit ich es gehen lassen will."

Jonas schmunzelte und fuhr mit der Hand die Kurve meiner Taille nach. „Hört sich gut an."

Wir traten in das dunkle Zimmer, das nur vom Lichtschein der Stadt erhellt wurde, der durch die durchsichtigen Vorhänge fiel. Ich holte tief Luft, drehte mich zu ihm um und legte ihm meine zittrigen Hände auf seine muskulöse, breite Brust. Sein Herzschlag war durch sein Hemd hindurch zu spüren.

Ich lächelte leicht. „Vielleicht sollte ich dir die gleiche Möglichkeit anbieten. Du kannst die Sache ebenso abblasen."

Jonas schüttelte langsam den Kopf und seine Augen waren voller Lust.

„Ich werde alles tun, was du dir vorstellen kannst", sagte er mit tiefer Stimme. Er senkte den Kopf und streifte mir mit dem Mund über den Rand meiner Ohrmuschel. „Alles."

Dann küsste er mich erneut – wie vorhin auf der Straße, mit langen, langsamen Zungenschlägen, und mit jedem verblasste alles um mich herum, bis ich nur noch seinen Körper an meinem wahrnahm.

Ich legte die Hände auf seine Oberarme und zeichnete mit den Daumen die Konturen seiner Muskeln nach. Wow. Es war so lange her, dass ich jemanden wie ihn berührt hatte, jemanden mit solch rohem Sexappeal. Eigentlich hätte ich diese Phase längst hinter mir haben sollen. Und so war es ja auch. Aber hier in Stockholm, so weit weg von zu Hause, konnte ich mich dieser kleinen Schwäche hingeben. Ich war schließlich kein Teenager mehr. Ich konnte damit umgehen.

„Du bist so groß und muskulös", flüsterte ich und ließ meine Hand über seine Muskeln gleiten.

„Gefällt dir das?" Sein Atem kitzelte meinen Hals.

„Ja."

Seine Hände wanderten meinen Rücken hinab. „Gut."

Dann umfasste er meinen Hintern und hob

mich hoch, und seine dicken, muskulösen Arme spannten sich unter meinen Fingern an. *Wow.* Alles an ihm war groß. Ich spürte, wie seine lange, harte Erektion gegen mich drückte, und stieß einen kleinen Wonneseufzer aus. Er packte mich fester und ich drängte mich noch dichter an ihn. Er seufzte tief.

Ich schloss die Augen und atmete erneut seinen Duft ein. Er ließ mich los und ich lehnte mich gegen die Wand, sodass ein wenig Abstand zwischen uns lag. Er streckte die Hand aus, strich mir eine Locke aus der Stirn und streichelte mein Gesicht.

„Was magst du, Alice?"

Was mochte ich? Über diese Frage hatte ich noch nie wirklich nachgedacht.

„Was steht denn zur Wahl?" fragte ich.

Jonas lächelte geheimnisvoll. „Ich wollte nur wissen, ob es etwas gibt, das dich richtig anmacht."

Ich zuckte mit den Schultern. „Das, was wir gerade ohnehin schon tun, würde ich sagen."

Jonas nickte.

„Und du?" fragte ich ihn. „Was magst du?"

Jonas' Augen wurden groß. „Weißt du, diese Frage stelle ich Frauen immer, aber mich hat das noch keine gefragt."

Er ließ den Blick tiefer schweifen und begutachtete schamlos meine Brüste. War das seine Antwort? Er schob eine Hand unter den Saum meines T-Shirts und ließ seine Finger über meine nackte Haut gleiten. Ein heißer Schauer durchfuhr mich.

„Ich mag viele Dinge", antwortete er schließlich. „Ich finde, es kommt auf die jeweilige Person an. Wie es zwischen uns läuft. Aber ich habe so ein Gefühl, dass ich dich wirklich mögen werde."

Ich sah zu ihm hoch und suchte nach Worten. Er war so direkt. Ich war noch nie mit einem Mann zusammen gewesen, der geradeheraus zugegeben hatte, dass er auf mich stand. Solche Typen gab es in New York nicht, weder in meinem alten Leben, noch in meinem neuen.

Er strich mit den Lippen sanft über meine. „Lass uns einfach sehen, wohin das hier führt. Aber sag mir Bescheid, wenn dir etwas nicht gefällt."

Ich nickte. Er küsste mich wieder und nahm die Hand von meiner Taille.

Er hob die kleine Tüte auf, die er auf den Boden hatte fallen lassen, und ging damit zum Nachttisch. Er setzte sich auf die Bettkante und machte sich nicht die Mühe, die pochende Erektion zwischen seinen breiten, muskulösen Schenkeln zu verbergen. Wenn Jonas schon auf der Stockholmer Buchmesse wie fehl am Platze ausgesehen hatte, so stach er in diesem eleganten, modernen Hotelzimmer genauso heraus. Aber das schien ihn nicht zu stören. Er blickte hoch und fixierte mich mit unverhohlenem Interesse. Er zog sich das T-Shirt über den Kopf und zum Vorschein kamen Muskeln, Tattoos, Narben und eine Spur aus dunklen Haaren, die in seiner Jeans verschwand.

Ich öffnete den Mund, doch es kam nichts

heraus. Jonas trug die Spuren seiner Vergangenheit – gewollte wie auch ungewollte – auf dem Körper. Mein Herz schlug heftig, als ich einen Schritt auf ihn zuging. Woher stammten diese Narben? Im Pub war er meiner Frage nach seiner Vergangenheit ausgewichen. Das würde er auch jetzt tun, wenn ich ihn geradeheraus fragte.

Ich trat noch einen Schritt auf ihn zu. „Du bist wirklich gut in Form. Besonders für einen Schriftsteller."

Er lächelte leicht. „Gewohnheit, schätze ich."

„Hast du früher Sport getrieben?"

Jonas schüttelte den Kopf und sein Lächeln verblasste. „Nein, nicht direkt. Es hatte früher viele Vorteile, groß und muskulös zu sein."

Ich schluckte und trat näher. „Früher? Jetzt nicht mehr?"

„Nein, jetzt nicht mehr." Er hielt den Blick fest auf mich gerichtet und sah mich durchdringend und ernst an.

„Und auch nie wieder?", flüsterte ich.

„Nie wieder."

Ich nickte. Was hatte er hinter sich gelassen? Ich hatte in meinem Leben schon oft *nie wieder* gehört, und für gewöhnlich hielt dieser Vorsatz nur so lange, bis die Versuchung erneut in Erscheinung trat. Aber als Jonas diese Worte aussprach, schwang Traurigkeit darin mit, keine Versuchung. Es war dasselbe *Nie wieder*, das auch ich mir leise zugeflüstert hatte, als ich zum letzten Mal die Wohnung meiner Mutter verlassen hatte. Das einsamste *Nie wieder* von allen.

Und Jonas war dieses Gefühl ebenfalls vertraut. Etwas flackerte in seinen Augen, etwas, das ich wiedererkannte.

Ich erstarrte mitten in der Bewegung. Worauf ließ ich mich hier ein?

Doch ganz gleich, was heute Nacht auch passierte, morgen würde ich das Land wieder verlassen. Eine einzige Nacht war nicht genug, um wieder zunichtezumachen, wie weit ich meine Vergangenheit schon hinter mir gelassen hatte, oder? Ich schloss die Augen und atmete tief ein.

Ich kannte weder seine Geschichte, noch kannte er meine. Wir waren nur zwei Menschen, die für eine Nacht zusammenfanden. Und es würde eine fantastische Nacht werden, wenn es nach mir ginge.

Ich machte einen letzten Schritt, sodass ich zwischen seinen gespreizten Beinen stand. Jonas war so groß, dass selbst im Sitzen sein Gesicht auf Höhe meiner Brust war. Ich zog mein Shirt aus und enthüllte meinen hauchdünnen Spitzen-BH. Meine Brustwarzen zeichneten sich durch den Stoff ab. Jonas öffnete die Lippen und sein warmer Atem strich über meine Haut. Aber er rührte sich nicht. Er wartete. Trotz der riesigen Wölbung in seiner Hose schien er es nicht eilig zu haben.

„Kann ich …", setzte ich an. „Kann ich mich auf deinen Schoß setzen?"

„Bitte." Jonas' Stimme klang leicht heiser.

Er rutschte ein Stück nach hinten. Ich setzte

mich rittlings auf seinen Schoß und stützte mich auf seinen muskulösen Schultern ab. Er streichelte mir über die Hüften und seine Brustmuskeln bewegten sich.

„Du bist wunderschön", flüsterte ich.

Er sah mich mit großen Augen an, schwieg einen Moment und zog die Stirn kraus. „Das ist nicht die Reaktion, die ich normalerweise bekomme."

Ich nickte. Eine lange Narbe verlief mitten durch eine Art Tribal-Tattoo an seiner Schulter bis hinab auf seine leicht behaarte Brust. Ich zeichnete sie mit den Fingern nach. Sein Herzschlag pulsierte am Ansatz seines Halses, aber er rührte sich nicht.

„Wie beschreiben dich die Leute denn normalerweise?" Bei meiner letzten Frage dieser Art hatte er mich geküsst. Was würde er diesmal tun?

Sein Stirnrunzeln verstärkte sich. „Als ungestüm. Wahrscheinlich noch mit jeder Menge anderen beschissenen Begriffen, die ich nicht hören will. Definitiv nicht als wunderschön."

„Aber das bist du", beharrte ich.

Er zuckte mit den Schultern, als würde er mir nicht so ganz glauben. „Okay."

Ich fuhr mit dem Finger den Umriss eines keltischen Kreuzes nach, um das sich leuchtend rote Blutstropfen rankten. Darüber flog ein schwarzer Vogel in unberührte Haut davon. Jonas zuckte leicht, als ich den Vogel berührte, also ließ ich meine Hand tiefer wandern. Schriftzüge. Verschlungene Muster. Das Wort *Norr* in verblassten schwarzen

Buchstaben.

„Was bedeutet das?" fragte ich und ließ meine Finger über die Windungen und Bögen der einzelnen Buchstaben gleiten.

Jonas lächelte. „Das war mein allererstes Tattoo. Es bedeutet Norden, die Gegend der Stadt, in der ich aufgewachsen bin."

„Hört sich an wie eine Gang."

Er lachte. „Das wären wir auch gern gewesen."

Er legte seine Hand auf meine, als ich über seine Haut strich. „*Norr* besteht aus lauter heruntergekommenen Wohnungen und wir standen alle in dem Ruf, ziemlich hartgesotten zu sein, wenn auch nicht gerade aus den besten Gründen. Dann schafften es ein paar von uns auf die beste Highschool, darunter auch ich." Er warf mir einen Seitenblick zu. Dachte er, ich würde ihm nicht glauben, dass er gut in der Schule gewesen war? Von irgendwoher musste sein Schriftstellertalent ja kommen.

Er schob meine Hand ein wenig tiefer. „Wir haben uns alle dieses Tattoo stechen lassen, als wir merkten, dass wir Prügel kassieren, wenn wir nicht ein bisschen gefährlicher aussehen. Sowohl in der Schule als auch zu Hause in *Norr*."

Ich zog eine Augenbraue hoch, während ich seine harten Bauchmuskeln nachzeichnete. „Euer Plan scheint funktioniert zu haben."

Er zuckte mit den Schultern. „Ich habe eine Menge einstecken müssen, bevor ich langsam anfing, die Dinge zu durchschauen."

Jonas streichelte meine Wange. Er ließ seine Finger meinen Hals hinab über mein Schlüsselbein streifen. Dann zeichnete er den Saum meines BHs nach, erst an einer Brust, dann an der anderen.

„Du siehst auch ziemlich umwerfend aus", sagte er. „Aber alle anderen Begriffe, die mir in den Sinn kommen, würden ziemlich derb klingen."

Ich lächelte. „Das macht mir nichts aus."

„Mir schon." Er umfasste meine Brust und neckte meine Brustwarze mit dem Daumen. Ich schnappte nach Luft und er stöhnte auf.

„Darf ich dir den BH ausziehen?", fragte er.

Ich nickte. Er beugte sich vor und seine Brust berührte meine nackte Haut, als er meinen BH öffnete.

Meine Brüste purzelten heraus, und Jonas holte zittrig Luft, als er mir die Träger abstreifte. Mit den Fingern zeichnete er die Wölbung jeder Brust nach, und mir liefen Schauer der Lust durch den Körper. Er zog mich näher an sich heran und legte mir eine Spur aus Küssen von der Schulter bis über die Brust. Ich drückte den Rücken durch und drängte mich ihm entgegen, bis er endlich meine Brustwarze in den Mund nahm. Er liebkoste sie langsam mit der Zunge und saugte daran, bis ich aufstöhnte.

Er gab meine Brust wieder frei und vergrub sein Gesicht an meinem Hals. Ich drängte mich an seine fieberheiße Haut und spürte, dass sein Herz ebenso heftig schlug wie meins. Als er sprach, klang seine Stimme angespannt und sein Akzent roh.

„Ich will das hier mit dir richtig angehen, Alice. Ich will nicht, dass es so weit kommt, dass ich mich nicht mehr bremsen kann."

„Das würde mir nichts ausmachen", erwiderte ich.

Seine rauen Finger zitterten, als er mir mit den Händen über die Arme streichelte und mich näher an sich zog.

„Ich möchte, dass du es so sehr genießt, dass du immer wieder zu mir kommst, weil du nicht genug davon bekommen kannst."

Ich erstarrte. Schnell holte ich Luft und rückte ein Stück von ihm ab. Ich würde nicht nach Stockholm zurückkommen.

„Aber so läuft das nicht", erklärte ich langsam.

Er runzelte die Stirn und sah weg. „Tut mir leid. Das ist mir so rausgerutscht."

Ich hob die Hand und streichelte seine Wange.

„Schon gut", lenkte ich ein. „Das hier fühlt sich wirklich gut an. Aber keiner von uns beiden zeigt hier sein wahres Ich, oder?"

Mein Herz klopfte heftiger, während ich auf seine Antwort wartete. Es dauerte einen Moment, doch dann glättete sich seine Stirn und er nickte.

Er ließ die Hände über meine Schultern gleiten, umfasste mein Kinn und hob es an. Dann gab er mir einen langen, leidenschaftlichen Kuss, der mich seine Bemerkung vergessen ließ. Er küsste meine Kieferpartie und meinen Hals. Falls er abwarten und sehen wollte, ob ich Bedenken hatte, so würde er lange warten müssen. Sämtliche Bedenken hatte ich ihm Pub zurückgelassen.

Ich schob eine Hand zwischen uns und spielte mit dem Streifen Haare, der unter seinem Hosenbund verschwand. Ich ließ die Finger noch tiefer gleiten und fuhr langsam mit der Hand über den rauen Stoff seiner Jeans und die harte Ausbuchtung darin. Seine Lippen streiften meine, wanderten weiter zu meinem Hals und saugten und knabberten daran, während er mit der Hand meine Brust streichelte.

„Es ist deine Entscheidung, Alice", flüsterte er mir ins Ohr. „Du weißt, wie sehr ich dich will. Willst du, dass wir weitergehen?"

Ich nickte.

Mehr war nicht nötig. Mit einer schnellen Bewegung drehte er mich herum, sodass ich auf dem Rücken lag und er auf alle Viere gestützt über mir kniete. Er sah mich mit seinen tiefblauen Augen fest an und senkte seinen Körper hinab, bis seine heiße Haut meine berührte. Ich bog den Rücken erneut durch, so sehr sehnte ich mich nach dem Kontakt. Sein Mund eroberte meinen mit langen, hungrigen Zungenschlägen. Er saugte und knabberte an meinen Lippen und mein ganzer Körper reagierte darauf.

Ich griff nach unten und fummelte am Knopf meiner Jeans herum, da umfasste er meine Hände mit seiner Hand.

„Langsam, Alice".

Er rutschte ein Stück nach unten und zog mit der Zunge eine Spur über eine Brust nach der anderen, dann um meinen Bauchnabel herum bis schließlich zum Bund meiner Jeans. Meine Atemzüge kamen schneller, lauter. Er knöpfte meine Jeans auf und zog den Reißverschluss hinab. Er atmete tief ein und wieder aus und sein warmer Atem drang durch die Spitze meines Höschens. Ich erzitterte.

Er ließ sich Zeit. Viel zu viel Zeit.

„Jonas?" Meine Stimme brach.

Er hielt inne und sah zu mir hoch, seine Augen ganz dunkel. „Weißt du inzwischen, was du willst, *Alice*?"

Mir kamen Antworten in den Sinn, Stellen, die ich erkunden wollte, Positionen, von denen ich gehört hatte. Ich wollte den Teil von mir ausleben, der Ja zu dieser irrwitzigen Nacht gesagt hatte. Und hier war meine Chance. Ich konnte ihm sagen, was ich wollte, ohne dass es irgendwelche Konsequenzen haben würde.

„Ich will, dass du mich schmeckst", flüsterte ich. „Und ich will wissen, wie du schmeckst. Ich will herausfinden, wie sehr es mich antörnt, wenn ich dich in den Mund nehme und ganz fest sauge."

Jonas' Augen wurden ganz groß, und mein Gesicht entflammte.

„*Scheiße*", knurrte er und murmelte noch ein paar Worte, die ich nicht verstand.

Ich zwang mich, weiterzureden. „Aber am

allermeisten will ich eine Frau sein, die solche Dinge einfach einfordert."

Er fuhr mir mit der Zunge über den Bund meines Höschens, und unwillkürlich reagierten meine Hüften, weil ich mehr wollte. Doch er gab es mir nicht.

„Weißt du, was ich will?" murmelte Jonas. „Ich will der Mann sein, der dir diese Fantasien erfüllt. Und ich will Dinge tun, die du dir noch nicht einmal vorgestellt hast."

Ich hob die Hüften an und er streifte mir die Jeans, die sich etwas widerspenstig anstellte, über die Beine. Memo an mich: Keine engen Jeans tragen, wenn du einen Mann mit auf dein Hotelzimmer nimmst. Aber es würde ja nie wieder eine Nacht wie heute geben.

Ich rutschte auf dem Bett ein Stück höher und Jonas kniete sich zwischen meine Beine. Er öffnete den Reißverschluss seiner Hose und griff hinein, um sich zurechtzurücken. Seine lange, pralle Erektion ragte über den Bund seiner Boxershorts hervor. Ich biss mir auf die Lippe. Das versprach ja, ziemlich ... erfüllend zu werden.

Er stützte sich auf die Ellbogen und ich spreizte die Beine, um seinen breiten Schultern Platz zu machen. Er betrachtete meinen Spitzenslip und sein heißer Atem neckte mich. Ich packte das Laken. Langsam schob er den winzigen Stofffetzen beiseite, bis ich entblößt vor ihm lag. Mit der anderen Hand streichelte er mich, auf und ab. Als er am oberen Ende ankam, wand ich mich und stemmte die Füße in die Matratze, also ließ er seine Finger dort verharren und spielte mit mir. Ich war so erregt, dass ich mir nicht sicher war, was passieren würde, wenn er endlich zur Sache käme.

Er beugte sich vor und liebkoste mich langsam mit der Zunge, Zentimeter um reizempfindlichen Zentimeter. Ich zerrte an den Laken und stöhnte laut auf. Er saugte und leckte, langsam, genüsslich. Ich wand mich unter seinen Berührungen, bis er mich festhielt. Wie Stromschläge durchfuhr es mich, während ich vergebens versuchte, mich zu winden.

Oh, Gott.

Ich wand mich erneut und er hielt mich noch unerbittlicher fest. Etwas in mir schlug um und mit einem Mal stand mein Körper in Flammen. Die Welle der Wonne überrollte mich urplötzlich. Abrupt. Intensiv. Ich schrie laut auf, eine Mischung aus Ekstase und Überraschung, und ließ den Kopf nach hinten fallen. Ich stöhnte und wand mich, während Jonas meinen Orgasmus in die Länge zog. Ich krallte die Finger in die Laken und flüsterte seinen Namen.

Sekunden oder auch Minuten vergingen, während warme Glückseligkeit durch mich hindurchströmte. Wow. Schon der ganze Abend war ein langes, langsames Vorspiel gewesen, doch der Augenblick, als Jonas mich festgehalten hatte ...

Er setzte sich wieder auf die Fersen und ließ die Hand über seine Erektion gleiten.

„Das war heiß", murmelte er. „Wirklich

heiß."

„Ich hatte nicht damit gerechnet …", keuchte ich und rang um Worte. „Es ist schon eine Weile her."

Ich stützte mich auf die Ellbogen, um Jonas ansehen zu können. Seine Muskeln waren angespannt und die Erektion in seiner Hand war hart, aber er kam nicht näher. Wie war es möglich, dass ich immer noch mehr wollte? Statt meine Lust zu stillen, hatte der intensive Ausbruch von gerade eben mich nur noch mehr erregt. War es das, was ich all die Jahre verpasst hatte? Heute Nacht hatte ich diese andere Seite an mir entdecken wollen, und ich konnte nicht leugnen, dass ich sie gefunden hatte.

Meine Stimme klang immer noch atemlos, als ich fragte: „Gehen wir noch weiter oder muss ich um mehr betteln?"

Jonas' lachte – ein tiefes, sinnliches Rumpeln. „Mir gefällt die Vorstellung, darum zu betteln, Alice. Damit können wir später spielen. Aber im Augenblick will ich dich viel zu sehr, um noch lange zu warten."

Er stieg vom Bett und zog sich Jeans und Boxershorts in einem Zug aus. Wow. Ich hatte es mir also nicht bloß eingebildet. Wie alles andere an ihm war auch seine Erektion riesig. Ich starrte ihn an – über Verlegenheit war ich schon weit hinaus. Jonas ließ sich wieder zwischen meinen Beinen nieder und stützte sich über mich, wobei mich sein Körper an all den richtigen Stellen berührte.

Trotz der Dringlichkeit seiner Worte ließ er sich Zeit. Er neckte meinen Mund mit langen, sinnlichen Berührungen seiner Zunge, knabberte und saugte an meinen Lippen. Ich hob die Hüften an, um seiner prallen Erektion näherzukommen, und er stöhnte, als er über meine vor Verlangen schmerzende Mitte rieb. Ich fuhr mit den Fingern über seine vernarbten, tätowierten Brustmuskeln. Mochte er es gern hart? Danach zu urteilen, wie fest er meine Hüften aufs Bett gedrückt hatte, war das gut möglich. Aber trotz der angespannten Kraft, die ich unter meinen Händen spürte, schien er heute Nacht etwas anderes als harten Sex von mir zu wollen. Bloß was?

„Du hast doch ein Kondom gekauft, als wir an dem Laden waren, oder?" fragte ich.

Er nickte. „Nicht nur eins."

„Wie viele denn?" flüsterte ich.

Er lächelte. „Eine Zehnerpackung."

„Hmm … zehn. Das nenne ich ambitioniert."

Seine Erektion war jetzt steinhart und ich spürte, wie sie pulsierte, während ich sprach.

„Ich werde mein Bestes geben", antwortete er mit einem kleinen Lachen.

Erneut streifte er meine Lippen, dann griff er nach der Tüte auf dem Nachttisch. Er riss eine Kondomverpackung auf, rollte es sich über und hielt sich einen Augenblick lang umfasst, während er mich beobachtete.

„Gefällt dir das?", fragte er mit einem leicht schelmischen Lächeln. Er beugte sich wieder vor und rückte sich an mir zurecht.

„Ja", gab ich zu und musste schlucken.

Dann drang er in mich ein. Er stieß einen scharfen Seufzer aus und kniff die Augen zusammen, als er sich noch tiefer in mich versenkte.

„Oh", hauchte ich. Die heiße, süße Erleichterung. Das Gewicht seines Körpers. Den ganzen Abend lang hatte ich auf diesen Moment gewartet und es nicht einmal gewusst. Er fühlte sich so groß und dick in mir an. Er war noch nicht in seiner ganzen Länge in mir, und ich hielt mich an seinen muskulösen Arme fest und packte fester zu. Sein Blick war wild und hungrig.

„Alles okay?", stöhnte er.

„Ja."

„Ich will, dass es sich gut für dich anfühlt", sagte er. „Ich will, dass es sich besser als gut anfühlt."

„Das tut es schon."

Er begann sich zu bewegen, quälend langsam. Ich hob die Hüften an, um mich seinem Rhythmus anzupassen. Er biss die Zähne zusammen und stieß hart zu. Oh, Gott, stand ich etwa schon wieder kurz davor? Ich stöhnte und er stieß noch fester zu. Ich schrie auf, und er erstarrte mit angstvollem Blick.

Schnell schüttelte ich den Kopf und streichelte sein Gesicht.

„Besser als gut, Jonas", keuchte ich. „Hör nicht auf."

Er nickte, aber die Skepsis in seinen Augen

blieb. Er begann sich wieder zu bewegen, fand seinen Rhythmus, doch sein wilder Blick war verschwunden. Seine gewaltigen Armmuskeln spannten sich und seine Halsschlagader pulsierte.

Er ließ sich auf die Ellbogen sinken, veränderte den Winkel und rieb seine Hüften an meinen. Er nahm eine meiner Brüste in den Mund und saugte daran. Ich drückte den Rücken durch wie eine Bitte um mehr.

„Ich bin schon den ganzen Tag scharf auf dich", stöhnte er. „Ich wusste einfach, dass es sich richtig anfühlen würde."

Er drückte meine Brüste und kniff mir bei jedem seiner Stöße in die Brustwarzen. Besser als gut. Es war die Art, wie er mich ansah, als wäre ich die einzige Frau, die er je begehren würde. Dass er mir alles geben würde, was ich brauchte.

Er verlagerte sein Gewicht, schob die Arme unter mich und umfasste meine Schultern. Ich neigte meine Hüften, um jeder seiner Bewegungen entgegenzukommen, um ihm noch näherzukommen. Seine schweren Atemzüge vermischten sich mit meinen, und er vergrub sein Gesicht an meinem Hals. Ich schloss die Augen und verlor mich in dem Duft aus Sex und Jonas. Ich spürte, wie sich seine harten Muskelstränge unter meinen Händen zusammenzogen, während er sich immer schneller bewegte. Tiefer.

Ich war nah dran, so nah.

„Oh", hauchte ich. „*Jonas.*"

Beim Klang seines Namens spannte sich sein

ganzer Körper an. Mit einem lauten Knurren kam er, stieß heftig zu und ließ auch mich über die Schwelle kippen. Er biss mir in den Hals und ich schrie auf. Ich klammerte mich an ihn, während er mit sich mit heftigen Stößen weiter bewegte und meine Wonne in die Länge zog.

3

ICH LAG AUF dem Rücken, mein Haar kreuz und quer über das Kissen verteilt, aber ausnahmsweise war mir das egal. Jonas lag auf der Seite, sein schweißnasser Körper dicht an meinem, und spielte mit einer meiner Locken. Seine andere Hand ruhte auf meiner Hüfte und er streichelte mir mit dem Daumen sanft über die Haut.

Ich sah hoch in seine dunkelblauen Augen. „Wir sollten wohl besser ein bisschen schlafen."

„Meinetwegen muss das nicht sein." Er schmunzelte. „Habe ich dir schon gesagt, dass ich deine sexy Haare liebe?"

Ich rollte mit den Augen. „Mich machen sie verrückt."

„Gut", konterte er. „Mich auch."

Er packte sich eine Handvoll und zog mich an sich für einen leidenschaftlichen Kuss. Er biss mir in die Unterlippe und ließ mich langsam wieder los.

Er stützte sich auf einen Ellbogen und rieb sich die Stirn, und ich beobachtete das Spiel seines langen, dicken Bizeps. Ich streichelte erneut mit den Fingern über den kräftigen schwarzen Vogel auf seiner Brust. Diesmal zuckte er nicht zurück. Mir war vorhin gar nicht aufgefallen, dass der Vogel einen gebrochenen Flügel hatte. Ein seltsames Motiv für etwas so Dauerhaftes wie eine Tätowierung.

Ich öffnete den Mund, um ihn noch mehr zu fragen, doch dann machte ich ihn wieder zu und runzelte die Stirn. Es gab keinen Grund, mehr über seine Tattoos oder sonst etwas in Erfahrung zu bringen. In ein paar Stunden würde ich zum Flughafen fahren, und Details aus seinem Leben wären nicht mehr von Belang. Wahrscheinlich war es sogar besser, es nicht zu wissen. Also schloss ich stattdessen die Augen und atmete seinen warmen Duft ein.

„Ich wusste auch, dass es sich richtig anfühlen würde", sagte ich nach einer Weile.

Jonas hielt inne und ich öffnete die Augen, um einen Blick auf seinen Gesichtsausdruck zu erhaschen.

Ich fügte hinzu: „Das hast du vorhin gesagt, als ..."

„Ich weiß, was ich gesagt habe." Er ließ die Hand sinken.

„Tut mir leid", sagte ich und wandte den Blick ab. „Das war zu viel."

Sanft drehte er mein Gesicht mit seiner großen, warmen Hand wieder zu sich. „Das war ganz und gar nicht zu viel."

Ich musterte ihn. Sein Blick war sanft, aber verhalten.

Schließlich schüttelte er den Kopf. „Es fühlt sich wirklich richtig an. Vollkommen richtig. Ich denke nur gerade daran, welche Richtungen die Sache einschlagen könnte."

Ich prustete. „Redest du von Stellungen?"

Jonas zog die Augenbrauen hoch und lächelte leicht. „Eigentlich nicht, aber für diese Diskussion bin ich auch zu haben. Ich meinte, was morgen passiert."

„Morgen reise ich ab", erwiderte ich ausdruckslos.

„So muss es aber nicht laufen."

Aber es *lief* so. Ich würde nach Kopenhagen fliegen und am Tag danach zurück nach New York. Ende der Geschichte. Ganz gleich, wie gut oder richtig sich das hier anfühlte.

„Hör zu, ich habe mich schon oft in Dinge verstricken lassen, die sich gut angefühlt haben", erklärte er. „Das ist mal so, mal so ausgegangen. Deshalb scheue ich mich ein bisschen davor, auszusprechen, was mir auf der Zunge liegt."

Ich hob eine Augenbraue und wartete schweigend. Jonas beugte sich hinab und streifte meine Lippen mit seinen. „Bist du sicher, dass ich weiterreden soll? Wir haben nur noch ein paar Stunden zusammen."

Es wäre einfacher, nicht über *was wäre, wenn* und *vielleicht* zu reden. Noch in New York hätte ich Nein gesagt. Mehr noch, ich hätte Jonas einfach im Pub sitzenlassen. Ich wusste, welche Fehler eine Frau mit einem Mann wie Jonas machen konnte. Meine Mutter hatte sie gemacht. Meine beste Freundin hatte sie gemacht. In meinem alten Viertel boten sich einem an jeder Ecke neue Möglichkeiten, sich mit etwas, das sich gut anfühlte, die Zukunft zu versauen. Und dieser Versuchung hatte ich abgeschworen. Dennoch hatte ich mich oft gefragt, ob Augenblicke wie dieser es nicht vielleicht doch wert waren.

Ich musterte Jonas' Augen. Sie wirkten sanft und ein wenig traurig. Er hatte seine eigenen Antworten auf meine Fragen.

„Ich will es hören", sagte ich.

„Okay.", erwiderte Jonas mit einem Nicken. Er rieb sich den Kiefer, genau dort, wo die verblasste Narbe verlief. „Ich habe diesen Hunger in mir. Es gibt einen Teil von mir, der nie genug bekommen kann. Und ich bin mir nicht immer sicher, wodurch das ausgelöst wird. Es hat lange gedauert, bis ich es überhaupt verstanden habe. Als ich jünger war, habe ich alles Mögliche angestellt und den Ärger förmlich gesucht."

Ich lächelte ein wenig. „Und jetzt, wo du älter und weiser bist, hältst du dich von diesen Dingen fern?"

Jonas schmunzelte. „Manchmal sind es Dinge, bei denen jeder normale Mensch weiß, dass sie nichts als Ärger bedeuten, und inzwischen bin ich nicht mehr so dumm zu glauben, dass ich damit fertigwerde. Ich weiß, dass ich das nicht kann." Er legte die Hand auf meine Hüfte und streichelte mich langsam mit dem Daumen. „Aber hin und wieder schlägt mich etwas in seinen Bann, das gut für mich ist. Zum Beispiel das Schreiben. Als ich damit anfing, hatte ich sehr viel Zeit und nicht viele Möglichkeiten. Die Geschichten waren alles, was mir eine sehr lange Weile durch den Kopf ging. Ich habe in diesem ersten Jahr neun Bücher geschrieben."

„Beeindruckend", sagte ich. „Die meisten Autoren wären schon mit einem guten Buch pro Jahr zufrieden."

Er zuckte mit den Schultern. Das gedämpfte Hupen eines Autos drang von der Straße zu uns herauf.

„Warum erwähnst du das?" fragte ich leise.

Eine Falte erschien auf seiner Stirn. Er streichelte mir über die Haare und legte die Lippen auf meine, dann öffnete er den Mund zu einem langsamen, sinnlichen Kuss. Er zog sich wieder zurück und lächelte leicht. „Du kannst mich gerne rausschmeißen, wenn es dir zu intensiv wird."

Ich lächelte. „Ich behalte es im Hinterkopf."

Jonas holte tief Luft. „Ich spüre, dass es jetzt gerade passiert. Mit dir. Auch wenn wir uns gerade erst kennengelernt haben. Es ist, als ob diese Nacht nicht genug wäre. Und ich weiß nicht, ob ich jetzt lieber den Mund halten und verschwinden oder dich bitten soll, noch einen Tag zu bleiben."

Seine Worte hallten in mir nach. Ich wollte es. Ich wollte unbesonnen sein. Nur um herauszufinden, wie es sich anfühlte.

Er nahm seine Hand aus meinem Haar und sah mich skeptisch an. Dann ließ er den Kopf hängen. „Das war jetzt zu viel, oder?"

Ich schluckte. „Selbst wenn wir das noch einen Tag länger ausleben wollten, ich muss morgen nach Kopenhagen. Und am Samstagmorgen fliege ich zurück nach New York."

Er nickte, ohne mir in die Augen zu sehen.

Ich umfasste sein Gesicht und er hob den Blick und sah mit seinen dunkelblauen Augen zu mir auf. Was würde passieren, wenn ich eine Möglichkeit fände, Jonas wiederzusehen? Ich würde nicht übergeschnappt und verzweifelt enden wie meine beste Freundin. Und auch nicht schwanger und allein wie meine Mutter.

Ich streichelte Jonas über die Wange und zeichnete seine markante Kieferpartie nach. Zu Hause in New York würde sich nichts für mich ändern. Ich könnte diese Chance ergreifen. Nur um zu sehen, wie es sein würde.

„Vielleicht könnte ich mein Ticket für den Heimflug umbuchen", sagte ich leise. „Vielleicht könnten wir eine Möglichkeit finden, uns wiederzusehen, bevor ich zurückmuss."

Er sah mir fest in die Augen, sagte jedoch nichts. Er rührte sich nicht. Das einzige Anzeichen für irgendwelche Emotionen war seine heftig pulsierende Halsschlagader.

„Und das willst du versuchen?" fragte er leise mit heiserer Stimme.

Ich schluckte noch schwerer. „Ja."

Jonas nickte langsam. „Okay." Sein Blick wurde sanfter und er sah mir fest in die Augen. „Wie wär's mit Paris?"

Ich blinzelte. „Im Ernst?"

Die Stadt der Lichter? Mein Traumziel? Es war so impulsiv, genau die Art von Dingen, die ich niemals tun würde.

Er räusperte sich. „Ja, Paris. Wenn wir das machen, dann auch richtig."

„Paris", wiederholte ich. „Ähm, okay. Ja."

Ein Lächeln ließ Jonas' Gesicht aufleuchten. „Bist du dir sicher?"

Ich runzelte die Stirn. „Im Moment bin ich mir in Bezug auf gar nichts sicher."

Er setzte sich im Bett auf und fuhr sich mit der Hand durch die Haare. Dann drückte er mein Bein.

„Ich kümmere mich um die Einzelheiten", erklärte er. „Komm einfach übermorgen nach Paris. Wir treffen uns am Flughafen und sehen, wie es weitergeht."

Ich setzte mich ebenfalls auf und strich mir die Haare von den Schultern. Wir würden nach Paris fliegen. Einfach so.

„Wow", sagte ich leise. „Einfach ... wow."

Jonas ließ die Hand über meinen Oberschenkel auf und ab gleiten. Ich sah zu, wie sich das breite Tribal-Tattoo auf seinem Bizeps durch das Muskelspiel wölbte und streckte. Ich zeichnete die dicken Linien nach, die um seinen Arm herum verliefen.

Er sah nach unten, wo meine Finger auf seiner Haut lagen, und sein Lächeln verblasste. „Hör zu, du hast mich nach meiner Vergangenheit gefragt. Du kannst sie nachschlagen, während du in Kopenhagen bist, oder wir können darüber reden, wenn wir in Paris sind. Das liegt bei dir."

Ich blinzelte. Ich war mehr als nur ein bisschen neugierig auf diesen Mann. Doch was würde ich finden, wenn ich anfing zu graben?

Jonas ließ mich nicht aus den Augen. „Wenn du etwas liest, das dich dazu bringt, deine Meinung zu ändern, und du nicht mehr im selben Raum mit mir sein möchtest, würde ich das verstehen."

Falls ich irgendwelche Zweifel daran gehabt hatte, wie seine Vergangenheit aussehen mochte, dann waren sie verschwunden. Ich kannte hundert Versionen dieser Geschichte und keine davon war gut. Spielte es denn eine Rolle? Ich hatte diesen Mann bereits mit auf mein Hotelzimmer genommen. Nur noch eine weitere Nacht und es wäre vorbei.

„Noch eine Nacht", sagte ich.

Er nickte langsam.

Ich verschränkte meine Finger mit seinen, kletterte auf seinen Schoß und lehnte mich gegen die Mauer aus Muskeln auf seiner Brust. Er vergrub sein Gesicht in meinem Haar und stieß einen langen

Seufzer aus. Mit der anderen Hand strich er mir seitlich am Körper auf und ab und zog mich näher an sich heran. Seine Erektion schwoll bereits wieder an und übte Druck auf all die richtigen Stellen aus. Langsam umkreiste er mit dem Daumen meine Brustwarze. Ich stöhnte leise. Seine Lippen fanden meine empfindliche Halsbeuge.

„Auch wenn das nicht unser wahres Ich ist, ist es trotzdem real", flüsterte er. „Realer als alles, was ich seit langem empfunden habe."

Jonas' Worte hallten in mir nach, noch lange nachdem ich das Hotelzimmer verlassen hatte, und lösten gefährliche Nachbeben voller Hoffnung und Sehnsucht aus.

VERFÜHRUNG

1

ZUM HUNDERSTEN MAL ließ ich den Blick durch die Ankunftshalle des Flughafens Charles De Gaulle schweifen. Der Anzeigetafel zufolge war Jonas' Flugzeug vor fünfundvierzig Minuten gelandet. Oder besser gesagt, das Flugzeug, das er hatte nehmen wollen. Denn ganz offensichtlich war er nicht an Bord gewesen. Das Gepäckband war leer. Alle anderen Passagiere waren längst weg.

Keine Nachricht. Er war einfach nicht aufgetaucht.

Zum dritten Mal wählte ich seine Nummer. Zum dritten Mal ging der Anruf direkt auf die Mailbox. Eine dritte Nachricht hinterließ ich nicht. Ich konnte mir nicht länger einreden, dass er nur einfach sein Handy noch nicht wieder eingeschaltet hatte. Ich musste es wohl einsehen: Er hatte mich versetzt.

Ich sah noch einmal zu dem leeren

Gepäckkarussell. Alle Passagiere des Flugs aus Stockholm waren längst gegangen. Wie blöd ich doch gewesen war! Die ganze Nacht hatte ich wachgelegen und überlegt, wie ich Jonas um all die Dinge bitten sollte, die ich gern ausprobieren wollte. Dinge, auf die ich schon immer neugierig gewesen war. Nicht ein einziges Mal hatte ich in Erwägung gezogen, dass er vielleicht gar nicht kommen würde.

Ich setzte mich auf meinen Koffer und schloss die Augen. Natürlich war Jonas zu gut, um wahr zu sein. Wie viele Typen kannte ich, die genau so wie er waren? Nur weil er mir im Bett irgendetwas versprochen hatte, hieß das nicht, dass er es auch tatsächlich halten würde. Selbst wenn es um eine Reise in ein fremdes Land ging.

Hier war ich nun in Paris, der Stadt meiner Träume, aber das reichte mir nicht. Ich wollte auch Jonas.

Ich biss die Zähne zusammen und stand auf. Kopf hoch, Krönchen richten, weitermachen. Was spielte es denn schon für eine Rolle, dass Jonas derjenige war, der das Hotelzimmer buchen sollte? Was spielte es für eine Rolle, dass ich kein Wort Französisch sprach? Ich konnte doch einfach nach draußen zum Bordstein gehen und einem Taxifahrer das Wort *Eiffelturm* nennen. Und mir all die Dinge aus dem Kopf schlagen, die ich mit Jonas hatte tun wollen.

Ich holte tief Luft, richtete mich auf und packte den Griff meines Koffers. Wieso war ich überhaupt überrascht? Es war doch nichts Neues. Wie oft war meine Mutter am Boden zerstört in Tränen ausgebrochen, wenn mein Vater wieder einmal nicht aufgetaucht war? Und wie oft hatte ich meiner Mutter die Schuld gegeben, weil sie es hätte besser wissen müssen? Jetzt wartete ich hier allein in der Ankunftshalle und war selbst von einem Kerl sitzengelassen worden, bei dem so etwas eigentlich zu erwarten gewesen war. Aber ich hatte nicht vor, in Tränen auszubrechen, nicht hier. Ich zerrte meinen Koffer in Richtung Ausgang.

„Alice?" schallte eine Stimme durch die Halle.

Ich holte zittrig Luft. *Keine Hoffnungen machen!* Ich drehte mich um und wappnete mich.

Jonas. Er drängte sich durch die vielen Menschen auf der Rolltreppe und lief mit schnellen Schritten durch die Ankunftshalle. Sein Haar stand in alle Richtungen ab, als wäre er zu oft mit der Hand hindurchgefahren. Die breiten Muskeln seines Arms, mit dem er seine Reisetasche trug, waren angespannt, und seine durchdringend blauen Augen leuchteten. Er war hier. Er hatte mich nicht versetzt. Vor Erleichterung flatterte mein Herz wie wild, das verdammte Ding.

Er kam auf mich zugeeilt und zog mich unbeholfen in die Arme. „Du bist noch hier."

„Nur ganz knapp."

Er hielt mich an seine Brust gedrückt, bis ich nachgab und mich entspannte. Ich hätte wütend sein müssen, aber mein Unmut verflog und stattdessen spürte ich, wie mein Körper erwachte. Ich stand viel zu sehr auf diesen Kerl.

Jonas zog mich noch enger an sich. „Es tut mir leid. Ich habe einen früheren Flug genommen. Es sollte eine Überraschung werden, aber dann wurde der Flug umgeleitet, und ... Scheiße, es ist einfach alles schiefgelaufen." Er ließ mich los und murmelte etwas Unverständliches. „Aber du bist noch hier."

Ich nickte und versuchte, mir die Erleichterung nicht anmerken zu lassen. Natürlich hatte er eine Ausrede parat und eine gute noch dazu. Gut genug, dass ich mir weiter Hoffnungen machte. So lief das.

Er küsste mich zärtlich. „Ich hoffe, das heißt, dass ich es nicht völlig vermasselt habe."

Ich schloss die Augen und schüttelte den Kopf.

„Noch nicht, zumindest." Er seufzte. „Lass uns von hier verschwinden."

DAS TAXI BOG aus einem Labyrinth von Seitensträßchen in einen großen gepflasterten Platz ein, der von Bäumen und altmodischen Straßenlampen gesäumt war. Ringsherum lagen Restaurants, einige davon leer, in anderen saßen noch ein paar Gäste.

Jonas sagte etwas zum Fahrer, das ich nicht verstand. Das war jetzt schon die dritte Sprache, die er beherrschte. Nicht gerade das, was ich von einem Mann voller Tattoos und Narben erwartet hätte.

Aber nichts an Jonas entsprach meinen Erwartungen.

Komm wieder runter, Alice. Dieser Kerl hatte mich um ein Haar versetzt, auch wenn es keine Absicht gewesen war. Und mir war klar geworden, wie sehr ich diesen Tag in Paris mit ihm wollte. Und wie schnell ich ihm bei der Aussicht auf eine weitere Nacht zu verzeihen bereit war. Jedes Mal, wenn diese tiefe, sexy Stimme mit dieser Mischung aus schwedischem und irischem Akzent aus seinem Mund kam, schwand meine Vernunft dahin.

Wie oft hatte ich gestern daran gedacht, einen Rückzieher zu machen? Hmm, kein einziges Mal. Mein erstes Erlebnis mit Jonas hatte all meine vorherigen Erfahrungen einfach so ausgelöscht. Sollte ich mir etwa die Chance entgehen lassen, herauszufinden, wohin uns eine weitere Nacht führen würde? Auf keinen Fall.

Wir hielten vor einem alten Steingebäude an der gegenüberliegenden Ecke des Platzes. Ich stieg aus dem Taxi auf den Bürgersteig und Jonas folgte mir. Der Fahrer, ein älterer Mann mit Weste und weißem Kragenhemd, trug meinen Koffer und Jonas' kleinen Seesack bis zum Bordstein.

„Danke", sagte ich.

Der alte Mann ignorierte mich und ging zurück zur offenen Fahrertür.

Jonas lachte. „Willkommen in Paris."

„Das für seine Freundlichkeit bekannt ist?"

„Genau."

Er hielt meinem Blick stand und sein Lächeln

veränderte sich. Er strich mir mit den Händen vom Nacken hinab bis zu den Schultern. Ich hob eine Hand und zeichnete die schmale Narbe an seinem Kiefer nach. Vielleicht würde ich ja eine Möglichkeit finden, ihn danach zu fragen. Und nach anderen Dingen.

Ich stellte mich auf die Zehenspitzen und zog mich näher an seine vollen Lippen heran. Jonas seufzte tief. Er beugte sich herab, legte seinen Mund sanft auf meinen und verweilte einen Augenblick dort. Allein diese Nähe war berauschend. Ich schob meine andere Hand unter den Saum seines Hemdes und berührte die warmen, harten Muskeln darunter.

Er ließ seine Hände über meine Arme hinab und über meine Hüften gleiten. Dann beugte er sich wieder zu mir und küsste mich mit offenem Mund, und ich schmeckte seinen warmen, süßen Atem. Sanft strich seine Zunge über meine und ich stöhnte auf. Die Berührungen wurden intensiver, leidenschaftlicher, bis er mir in die Lippe biss, so fest, dass ich zusammenzuckte. Ich schnappte nach Luft, als mich eine Welle der Lust durchfuhr.

Er erstarrte und ließ mich los. „Tut mir leid."

„Nein. Das muss es nicht", flüsterte ich.

Jonas musterte mich einen Moment lang und sein Blick wurde heißer. Ich fühlte, wie sich seine Muskeln unter meiner Hand anspannten und zuckten. Finsteres Verlangen, schwelende Begierde lag in seinen Augen. Und dann verschwand dieser Ausdruck wieder. Jonas richtete sich auf und sah weg. Er hob seinen Seesack auf und rieb sich den Nacken. Ich schob mir eine Haarsträhne hinters Ohr und packte den Griff meines Koffers. Keiner von uns sagte etwas. Erneut fing ich seinen Blick auf. Der harte Ausdruck um seinen Kiefer war weicher geworden, doch in seinen dunkelblauen Augen lag nun Zurückhaltung.

Ich suchte nach etwas, das ich sagen konnte. „Tja, jetzt sind wir also in Paris."

Jonas hielt meinem Blick noch einen Moment länger stand, dann zogen sich seine Mundwinkel nach oben. „Was möchtest du zuerst tun?"

„Ich hätte Lust auf ein Nickerchen, aber das käme mir in Paris wie Vergeudung vor", erwiderte ich.

„Den Tag im Bett beginnen?" Jonas' Lächeln wurde breiter. „Das ist auch in Paris definitiv keine Vergeudung."

Gutes Argument. Ich hatte in Kopenhagen zu lange wach gelegen und mich gefragt, wie eine weitere Nacht mit ihm wohl sein würde. Wenn ich jetzt ein kurzes Nickerchen einlegen würde, könnte ich wieder die ganze Nacht durchmachen. Zum Schlafen hatte ich noch den Rest meines Lebens Zeit, wenn ich wieder in New York war. Obwohl wahrscheinlich keins der Dinge, die Jonas gerade durch den Kopf gingen, mit Schlafen zu tun hatte.

Er zog die Glastür auf und wir betraten die kleine Lobby des Hotels. Sie war kein bisschen protzig. Was hoffentlich gleichbedeutend mit *erschwinglich* war.

„Gib mir eine Minute", bat er. „Ich möchte nur etwas mit der Empfangsdame klären."

Jonas ging auf die elfengleiche Frau an der Rezeption zu. Seine tiefe Stimme klang durch die beengte Lobby. Ich verstand kein Wort von dem, was er sagte, aber mir entging nicht, mit welchem Blick die Frau Jonas ansah, als er sich über den Tresen beugte.

Selbst an einem guten Tag würde ich den mühelos wirkenden Stil dieser süßen, kleinen Sexbombe mit ihrem glatten schwarzen Bob nicht hinbekommen. Aber heute? Heute war ich so weit von *mühelos stilvoll* entfernt, dass es mich nicht überrascht hätte, wenn die französische Modepolizei mich im Flugzeug festgehalten hätte. Ich versuchte, mir die widerspenstigen Haare glattzustreichen, die sich aus meinem Haarknoten gelöst hatten.

Ich zog den Haargummi heraus, um die verirrten Locken zu bändigen. Aber halt. Ich hatte noch den Rest meines Lebens Zeit, *diese* Alice zu sein. Die Alice, die sich jeden Morgen die Haare glatt föhnte und zurücksteckte, um seriöser auszusehen. Einen weiteren Tag lang konnte ich die andere Alice sein. Ich löste meinen Dutt und schüttelte die Haare. Sie waren noch feucht vom Duschen und ich kämmte sie ein paar Mal mit den Fingern durch, um die störrischen Locken zu bändigen.

Jonas' tiefe Stimme war wieder zu hören. Die Empfangsdame ließ den Blick über seine nackten, muskulösen Unterarme schweifen, dann sah sie ihm wieder in die Augen. Ich konnte es ihr nicht verdenken. Aber was hielt Jonas wohl vom Gesichtsausdruck der Frau? Sie war nicht die Erste, die ich dabei ertappte, wie sie ihn musterte. Vielleicht war er sich bewusst, dass sie ihn immer einen Hauch zu lange ansah und dass sie leicht errötet war, aber er reagierte nicht darauf.

Wäre Jonas mein fester Freund, würde es mich wahnsinnig machen, wie Frauen ihn angafften. Aber er war nicht mein Freund. Er war nichts, was dem auch nur nahekam.

Im Augenblick schwiegen Jonas und die Frau, aber das Gespräch war ganz eindeutig noch nicht beendet. Die Rezeptionistin klimperte mit ihren rehbraunen Augen und biss sich auf die Lippe. Ich seufzte. Ihre Stimme war sanft und melodisch. Wie hätte es auch anders sein sollen? Sie schien einer Bitte von ihm nachzukommen, wandte sich um, nahm einen Schlüssel von einem Haken hinter sich und gab ihn Jonas in die Hand.

„Merci."

Jonas drehte sich um. Sein Blick traf meinen und ein Lächeln erschien auf seinem Gesicht. Mir pochte das Herz in der Brust.

„Bereit?" Er nahm unsere Taschen und deutete in Richtung des Flurs.

Ich nickte und folgte ihm.

Der winzige Aufzug war bezaubernd – oder heruntergekommen, je nachdem, wie man es betrachtete. Ich war mir nicht ganz sicher, welche

Ansicht ich diesbezüglich vertrat. Aus dem Augenwinkel sah ich, wie Jonas mich beobachtete.

„Ich liebe dein Haar so, wie du es jetzt trägst", erklärte er. Er strich mit den Fingern durch meine Locken. „Mehr noch als auf der Expo, als es glatt war."

Ich lächelte. „Danke. Und ich liebe es, wie du deinen Charme spielen lässt. Du hast die Empfangsdame völlig in deinen Bann geschlagen."

„Mmm", machte er und küsste mich wieder. „Aber ich bin nicht so gut mit Frauen."

Ich hob eine Augenbraue. „Das soll wohl ein Scherz sein." Ich strich mit der Hand über seine Brustmuskeln. „Du bist der absolute Hingucker."

Jonas schmunzelte. „Ich meine, davon abgesehen. Ich kann ziemlich ungestüm sein, falls es dir noch nicht aufgefallen ist." Er lächelte mich schief an.

Ja, er war ungestüm. Bis jetzt hatte ich nur die positiven Aspekte erlebt. Aber in Stockholm hatte ich ein paar Mal kurz einen Blick auf diesen harten, kalten Gesichtsausdruck erhascht. Jonas besaß auch diese andere Seite, aber soweit ich Männer wie Jonas kannte, kamen die schlechten Aspekte immer erst später zum Vorschein. Und es gab kein Später. Wie oft wollte ich mir das noch vor Augen führen?

Der Aufzug kam ruckelnd zum Stillstand und ich trat hinaus. Jonas zeigte den Flur hinab. In Richtung unseres Zimmers. Wo ich ihn um die Dinge bitten würde, um die ich im wahren Leben nie bitten würde.

„In Stockholm hat jeder Englisch gesprochen", sagte ich, um Zeit zu schinden. „Wieso habe ich das Gefühl, dass das hier nicht funktionieren wird?"

Jonas zuckte mit den Schultern. „Die Leute sind viel freundlicher, wenn man versucht, sich auf Französisch zu verständigen."

„Ich hatte Spanisch im College", erzählte ich. „Das ist in New York viel praktischer."

Jonas stellte unser Gepäck vor einer Tür ab und verschränkte die Arme. „Dagegen sollten wir etwas tun. Bereit für einen Crashkurs in Französisch?"

„Jetzt? Hier?" fragte ich und sah den Flur hinab.

„Nur drei kleine Ausdrücke."

Na ja, das hörte sich machbar an. Ich stemmte die Hände in die Hüften. „Bin bereit."

Jonas ließ den Blick über meinen Körper hinabwandern, bevor er abrupt wieder zu mir hochsah. Er lächelte. „Okay. Nummer eins: Wenn du jemanden anrempelst, sagst du *Pardon*."

„*Pardon*", wiederholte ich. „Alles klar."

„Gut." Jonas' Lächeln wurde breiter. „Nummer zwei: Wenn du jemanden auf dich aufmerksam machen möchtest, sagst du *excusez-moi*."

„*Excusez-moi*. Okay", erwiderte ich. „Aber wenn ich dann jemanden auf mich aufmerksam gemacht habe, war's das auch schon wieder mit meinen Französischkenntnissen. Also werde ich das wohl eher nicht benutzen."

Jonas schüttelte den Kopf. „Hier kommt Nummer drei ins Spiel. Wenn du etwas möchtest, sagst du einfach bitte – *s'il vous plaît* – und zeigst auf das, was du haben willst."

Ich prustete. „Und mehr Französisch brauche ich nicht?"

„Mmm. Ich kann dir später ein paar Nachhilfestunden in Sachen Bettgeflüster geben." Er kniff mir in den Hintern.

Ich verdrehte die Augen, aber meine Wangen erröteten. Bettgeflüster. Etwas, worauf man sich in jeder Sprache freuen konnte.

„Bist du bereit für unser Pariser Zimmer?" Er kam näher, bis sein Mund meinen fast berührte. Er leckte sich über die Lippen, beugte sich zu mir hinab und gab er mir einen zärtlichen, beinahe keuschen Kuss. Seine Hand glitt meinen Arm hinauf und hinterließ eine Spur von Wärme. Erneut küsste er mich, langsam und innig. *Das hier* war richtig. Dieses Gefühl, genau in diesem Augenblick, war der Grund dafür, dass ich meine Reisepläne geändert hatte.

Ich fuhr ihm mit den Fingern durch sein weiches, dichtes Haar und zog ihn näher zu mir. Ich drängte mich an seinen großen, muskulösen Körper, aber das reichte mir nicht. Seine Zunge liebkoste meine ein paar sinnliche Augenblicke lang, bevor er den Kuss unterbrach. Er lehnte seine Stirn an meine.

„Wir sollten wohl lieber erst ins Zimmer

gehen, bevor wir damit anfangen", sagte er mit heiserer, leiser Stimme. „Ich hatte eigentlich vor, der Versuchung zu widerstehen, bis du die Aussicht gesehen hast. Aber irgendwie schwindet meine Entschlossenheit."

Er streichelte mir über meine wirren Haare.

„Wunderschön", erklärte er und hob eine wippende Locke an die Lippen. Dann ließ er mich los und öffnete die Tür.

2

DAS ZIMMER WAR bezaubernd, gerade noch diesseits der Grenze zu schäbig, und die vielen alten Wandleuchter und Verzierungen an den Wänden machten die geringe Größe wieder wett. Das schmiedeeiserne Bett nahm den größten Teil des Raumes ein und bot ringsherum kaum genug Platz, um sich zu bewegen. Jonas stellte unsere Taschen ab und prüfte mit den Händen die Federung der Matratze.

Er lächelte und zog eine Augenbraue hoch. „Hoffentlich übersteht das die Nacht."

Ich verdrehte die Augen.

„Und jetzt kommt das Beste", kündigte er an und hielt mir die Hand hin, um mich zur Balkontür in der Ecke des Raumes zu führen. Er machte sie auf und wir traten hinaus in die warme, schwüle Brise.

„Wow", flüsterte ich. Eine schönere Aussicht

hätte ich mir nicht erträumen können, selbst wenn ich es versucht hätte. Um uns herum ragten alte, elegante Gebäude in die Höhe, aber unserem Balkon gegenüber lag ein etwas niedrigeres Dach, über das wir direkten Blick auf die Seine und den Eiffelturm hatten.

„Tolle Aussicht, oder?", sagte Jonas und drückte meine Hand. „Ich habe dir versprochen, dass es umwerfend und erschwinglich sein würde. Ich hoffe, dass es auch alle anderen Erwartungen erfüllt."

„Da bin ich mir sicher", erwiderte ich leise.

Ich sah hinüber zum Nachbarbalkon. Von dort aus konnte man den Eiffelturm wahrscheinlich auch sehen, aber die Aussicht war garantiert nicht annähernd so fantastisch. Das alles war zu schön, um wahr zu sein – dieser perfekte Blick von unserem Balkon aus, das Gefühl, Jonas' Körper so nah an meinem zu spüren, und Jonas selbst.

„Das muss das beste Zimmer im Hotel sein", flüsterte ich.

„Das habe ich vorhin mit der Empfangsdame ausgehandelt."

„Woher wusstest du –" Ein ungebetener Gedanke brach den Zauber des Augenblicks. „Warst du schon mal hier?"

Jonas' Augen weiteten sich einen Moment lang, dann runzelte er die Stirn. „Ja."

„Mit einer anderen Frau?"

Sein ganzer Körper versteifte sich. „Ja."

„Steht das in deinem Buch?"

„Ja." Etwas huschte durch sein Gesicht. Wut? Enttäuschung? Der Ausdruck verschwand wieder, bevor ich ihn richtig wahrgenommen hatte.

Ich schloss die Augen. Eigentlich wusste ich es besser, als mir von einem Kerl wie ihm eine Romanze zu erhoffen, aber irgendwie hatte ich es trotzdem getan. Doch er hatte das schon mit anderen Frauen gemacht, hatte sie mit seinem Wikingerkörper und seinem durchdringenden Blick in seinen Bann geschlagen. Er hatte sogar ein extra Zimmer für Schäferstündchen in Paris. Was jeder in seinem Buch nachlesen konnte.

Ich drehte mich um und sah ihm fest in die stürmischen blauen Augen. Zu viele Fragen wirbelten mir durch den Kopf. Ich platzte mit der nächstbesten heraus. „Bist du verheiratet?"

Er riss die Augenbrauen in die Höhe. „Verheiratet? Nein, definitiv nicht." Er fuhr sich mit der Hand durch die Haare und sah mir forschend in die Augen. „Glaubst du, ich wäre mit dir hergekommen, wenn ich verheiratet wäre?"

„Ich schätze, nicht", gab ich leise zu. „Ich dachte nur, das hier wäre ..."

Jonas nickte langsam. Er ging zurück ins Zimmer, setzte sich aufs Bett und bat mich mit einer Geste, ihm zu folgen. Ich konnte die Frage nicht ungeschehen machen und jetzt hing sie hier in diesem Hotelzimmer zwischen uns. Dabei waren seine Frauengeschichten das Letzte, worüber ich reden wollte.

Ich rang mir einen geschäftsmäßigen,

neutralen Gesichtsausdruck ab und setzte mich aufs Bett, ohne ihn jedoch zu berühren. Mit der Hand strich ich die weiße Bettdecke glatt.

Er stützte die Unterarme auf die Knie und sah zu mir herüber. „Frag, was immer du willst." Seine Stimme klang kälter, distanziert. Argwöhnisch.

„Du bist also nicht verheiratet. Aber du hast eine andere Frau mit in dieses Zimmer genommen und in diesem Bett mit ihr Sex gehabt. Und du hast darüber geschrieben."

Er rieb sich die tiefen Falten auf seiner Stirn. „Wenn wir schon so ins Detail gehen, dann nein, ich hatte keinen Sex in diesem Bett. Und auch nicht im Bad oder auf dem Balkon."

Ich verengte die Augen. „Was für eine Art Beziehung hattest du denn mit dieser Frau, dass sie mit dir in ein schönes, romantisches Hotel gegangen ist, aber keinen Sex mit dir hatte?"

„Sie war meine Freundin, aber die Beziehung war am Ende." Jonas runzelte die Stirn. „Wir hatten unseren letzten Streit in einem Restaurant nicht weit von hier. Nach dem Essen hat sie ihre Tasche aus dem Zimmer geholt und ist gegangen. Und ich habe die Nacht allein hier verbracht."

Bei diesen letzten Worten war seine Stimme nur noch ein Flüstern. Allein. Das Wort hallte durch das Hotelzimmer, durchdrang meine Enttäuschung und verriet mir mehr als alles andere, was er seit Stockholm gesagt hatte. Einen Moment lang sah er besiegt aus. Verletzlich.

„Du hast also die Nacht damit verbracht, über deine Ex-Freundin hinwegzukommen?" fragte ich leise. „Warum bringst du mich dann hierher?"

Jonas schüttelte den Kopf.

„So habe ich die Nacht nicht verbracht", stellte er leise richtig. „Ich war ziemlich deprimiert. Ich habe in meinem Leben ständig Mist gebaut, aber es war mir nie wichtig genug, um etwas daran zu ändern. Also habe ich es noch schlimmer gemacht."

Er ließ den Kopf hängen und rieb sich den Nacken. Seine Armmuskeln tanzten bei der Bewegung.

Er wandte den Kopf und sah mich mit sanftem, ernstem Blick an. „Ich wollte es schon lange anders machen, wieder nach Paris kommen und es diesmal richtigmachen. Und ich möchte mit jemandem hier sein …"

Er verstummte, und ich hörte nur noch nur das heftige Pochen meines Herzens. Ich hielt seinem Blick stand. „Mit jemandem …?"

Die Falten auf seiner Stirn vertieften sich. „Ich möchte mit dir hier sein. Ich möchte, dass wir ausloten, was auch immer das zwischen uns beiden ist. Ich habe so vieles in meinem Leben verbockt. Ich möchte endlich etwas richtigmachen."

Ich strich weitere imaginäre Falten aus der Bettdecke. Ich hatte mir geschworen, nicht in Jonas' Vergangenheit herumzustochern.

Er legte seine Hand auf meine und stoppte meine Zappelei. Ich schluckte. Ich drehte meine Hand um und verschränkte meine Finger mit seinen.

„Ich habe dich nicht gegoogelt, als ich in Kopenhagen war", sagte ich. „Ich fand, das geht mich nichts an."

Jonas fuhr sich mit der anderen Hand durch die Haare und holte tief Luft. Seine breiten Schultern hoben und senkten sich. „Aber das tut es."

„Selbst wenn wir morgen getrennte Wege gehen?" fragte ich. „Es spielt keine Rolle."

„Ich habe dir in Stockholm gesagt, dass ich nicht mehr der Mann aus der Geschichte bin, und größtenteils stimmt das auch. Ich werde es nicht wieder zulassen." Er runzelte die Stirn. „Aber ich kann meiner Vergangenheit niemals entkommen. Nicht einmal für eine Nacht, so wie es aussieht."

Ich spielte wieder an der Bettdecke herum. „Was muss ich denn über dich wissen?"

„Ich habe eine Weile im Gefängnis gesessen", erklärte er ausdruckslos.

Mir wurde das Herz schwer. Ich hatte richtiggelegen. Ich konnte dieser Welt einfach nicht entfliehen. Selbst auf der anderen Seite des Atlantiks, in einem fremden Land mit einer fremden Sprache hatte ich es geschafft, genau den Typ Mann zu finden, von dem ich mir geschworen hatte, mich nie und nimmer mit ihm einzulassen.

Ich schluckte schwer. „Weshalb?"

Er schloss die Augen. „Drogen. Körperverletzung. Ich hatte schon früher Ärger wegen ein paar übler Dummheiten, aber diesmal war es schlimmer."

„Wie lange ist das her?"

„Ich bin seit ein paar Jahren wieder draußen", erzählte er und ließ die Schultern hängen. Er öffnete die Augen wieder und musterte mich. „Du siehst nicht so schockiert aus, wie ich erwartet hatte. Aber ich bin ja auch noch nicht ins Detail gegangen."

Ich merkte, dass ich den Atem angehalten hatte. Mein Herz schlug heftig, aber ich war nicht schockiert. Nicht einmal überrascht, so als hätte ein Teil von mir es von Anfang an gewusst.

„Und du machst solche Sachen jetzt nicht mehr?"

„Nein."

Nein, natürlich nicht. Das sagten sie immer. Das hatte mein Vater auch meiner Mutter immer gesagt. Bis er wieder erwischt wurde.

„Nie wieder?" fragte ich.

Er schüttelte den Kopf. „Ich habe es geschafft, einen neuen Weg einzuschlagen. Ich glaube nicht, dass ich bei so etwas eine zweite Chance bekäme. Es ist jetzt schon lange her, aber ich muss mich noch immer in Acht nehmen."

Eine gewisse Skepsis schwang in seinem Tonfall mit. Als würde er sich selbst noch immer nicht über den Weg trauen.

Jonas holte tief Luft. „Ich bin sehr vorsichtig, worauf ich mich einlasse. Wenn ich etwas tue, dann mit Leib und Seele. Das kann fast in Besessenheit ausarten, wenn mich irgendetwas so richtig in seinen Bann schlägt."

Beinahe musste ich lächeln. Diese Seite von sich hatte er eindeutig nicht geheim gehalten.

„Aber wie ich dir schon in Stockholm gesagt habe, ist das, was mich in seinen Bann schlägt, manchmal auch etwas Gutes." Er lächelte zaghaft. „Deshalb bin ich hier in diesem Hotelzimmer."

Mir schlug das Herz bis zum Hals.

„Das, was mich momentan so richtig in seinen Bann schlägt, bist du." Seine Miene wurde sanfter. „Aber ich würde es verstehen, wenn sich die Dinge zwischen uns dadurch ändern."

Er bot mir eine Rückzugsmöglichkeit an. Ich konnte die Sache hier und jetzt beenden und wieder gehen. Was ich wahrscheinlich auch tun sollte.

Er sah auf seine Hände hinab. „Es ist in Ordnung. Ich verstehe das. Wenn ich an meine Vergangenheit denke, will ich auch nicht mit mir zusammen sein."

Ich schloss die Augen. Wieso stand ich nicht einfach auf? Meine gesamte Kindheit war wie eine lange, leidvolle Lehrstunde darin gewesen, wohin eine Beziehung mit einem Mann wie Jonas führte. Aber ich war nicht meine Mutter und das hier war keine Beziehung. Es war bloß eine letzte gemeinsame Nacht.

Ich sah ihm in die Augen. „Du hast mir in Stockholm nichts von deiner Vergangenheit erzählt, weil du dachtest, ich würde Reißaus nehmen?"

„Kann sein. Ich hatte aber auch noch andere, egoistische Gründe." Seine vollen Lippen teilten sich und einen Moment lang glaubte ich, er würde mich küssen. Stattdessen runzelte er die Stirn. „Ich wollte einfach nur wissen, wie es ist, mit dir zusammen zu sein – ohne meine Vorgeschichte, ohne die Fehler, die ich begangen habe. Für Reue habe ich noch den Rest meines Lebens Zeit."

„Wie hat es sich denn angefühlt?" fragte ich leise. „Es eine Nacht lang zu vergessen?"

„Gut. Richtig gut."

Ich holte tief Luft und rückte auf dem Bett näher zu ihm. Er legte die Arme um mich und ich lehnte meinen Kopf an seine Brust.

„Aber als ich dich heute am Flughafen gesehen habe, habe ich es bereut", gestand er, und ich spürte seinen Atem in meinem Haar. „Dein Gesicht hat so gestrahlt, als du mich angelächelt hast. Aber das galt nur meinem beschönigten Ich. Nicht mir als Ganzem."

Irgendwo unten auf der Straße heulte ein Automotor auf. Jonas' Brust hob und senkte sich bei jedem seiner langsamen, resignierten Atemzüge. Die Wärme seiner Umarmung fühlte sich so gut an. Ich hätte den ganzen Tag so verharren können.

Jonas lehnte sich ein wenig nach hinten. „Heißt das, du bleibst?"

Ich hätte zögern sollen, aber ich tat es nicht. „Ja."

„Gut", erwiderte er und küsste mich auf den Kopf. „Gut."

Es gab so viele Puzzleteilchen von ihm, die ich niemals kennenlernen würde. In Stockholm hatte ich mir eingeredet, dass Jonas einfach nur eine meiner kleinen Schwächen war, die ich mir ab und zu ohne irgendwelche Konsequenzen gönnen konnte, wie Schokolade oder ein schnulziger Fernsehfilm. Aber jetzt saß ich in einem Pariser Hotelzimmer und lauschte dem Herzschlag in seiner Brust. Das war keine kleine Schwäche. Das war etwas anderes.

„Was tun wir hier, Jonas?" flüsterte ich.

Er strich mir ein paar Mal übers Haar. „Ich weiß es nicht."

Er ließ sich nach hinten aufs Bett sinken, und ich kletterte um ihn herum und legte mich neben ihn. Ich schob ihm die Hand unter das Hemd und legte sie auf seine heiße Haut. Dann schloss ich die Augen und lauschte dem Klang seiner langen, gleichmäßigen Atemzüge.

3

ICH BLINZELTE EIN paar Mal und alles wurde scharf. Die Nachmittagssonne fiel in einem Streifen von der offenen Balkontür über die weiße Bettdecke und Jonas' verführerischen Körper. Langsam und gleichmäßig drangen mir seine Atemzüge ins Ohr. Ich lag tatsächlich hier in einem Pariser Hotelzimmer in Jonas' Armen. Es war kein Traum.

Auch die straffen Muskeln unter meinen Fingern waren kein Traum. Mein Atem wurde schneller.

Vorsichtig rutschte ich vom Bett, um ihn nicht zu wecken. Ich reckte mich und trat hinaus in die Sonne. Es war warm auf dem Balkon und das Licht glitzerte auf den Dächern. In der Ferne glänzte der Eiffelturm, der echte Eiffelturm.

Ich drehte mich um und betrachtete Jonas' langen, muskulösen Körper, wie er so ausgestreckt auf dem Bett lag und schlief. Die Sorgenfalten, die ich gesehen hatte, als wir über seine Vergangenheit gesprochen hatten, waren verschwunden und seine vollen Lippen waren leicht geöffnet, genau so, wie kurz bevor er mich küsste. Ein Arm lag über seinem Kopf, die breiten Muskeln entspannt, der andere lag wie eine stillschweigende Einladung ausgestreckt neben ihm. Ich trat näher und betrachtete die Tattoos, die sich um seinen Arm wanden. Am auffälligsten waren die breiten Tribal-Motive, die der verblassten Tinte nach zu urteilen schon älter zu sein schienen. Wie er wohl inzwischen über diese Tätowierungen dachte, nachdem er sein altes Leben hinter sich gelassen hatte?

Sein Hemd war hochgerutscht und entblößte seine flachen Bauchmuskeln und die Spur aus Haaren, die eine so unverhohlen sexuelle Wirkung hatte. Welche Fantasien er wohl hegte? Er hatte seiner Vergangenheit den Rücken gekehrt, aber es gab Dinge, die sich nicht einfach abschütteln ließen. Gab es eine Seite an ihm, die sich immer noch nach etwas Härterem sehnte? Eine Seite an ihm, die er in seinem neuen, rehabilitierten Leben ins Abseits verbannt hatte? Traute ich mich, diese Seite von ihm wieder zu wecken?

Ich schluckte. Ich könnte ihn einfach wachrütteln und fragen. Aber vielleicht kannte er die Antwort selbst nicht. Schließlich hatte ich ja auch geglaubt, Typen wie ihm schon vor Jahren abgeschworen zu haben, bis Jonas auf der Bildfläche erschienen war. Wenn ich es wissen wollte, würde ich es wohl selbst herausfinden müssen.

Jonas rührte sich und ich beobachtete das Muskelspiel bei seinen Bewegungen. Es gab so viele Möglichkeiten, ihn aufzuwecken. Allerdings wäre wohl als Erstes eine Dusche angesagt. Ich seufzte und ging ins Bad.

Das Duschen stellte sich als komplizierter heraus, als man meinen sollte. Es gab nur eine altmodische Wanne mit vier eleganten Füßen und verschnörkelten Armaturen. Zum Baden gedacht. Ein Duschvorhang? Fehlanzeige. Der Duschkopf war um den Wasserhahn geschlungen. Offenbar war angedacht, dass man ihn mit einer Hand festhielt und sich mit der anderen wusch, ohne dabei die mindestens 100 Jahre alten Wände nass zu spritzen. Klar! Wenigstens war es draußen warm. Wie sollte man hier bloß im Winter duschen?

Ich drehte die Kalt- und Warmwasserhähne auf und schälte mich aus meinen Reiseklamotten. Dann prüfte ich die Temperatur und stieg in die Wanne. Ich stieß einen Seufzer aus, als das warme Wasser über meinen Körper lief. Wie ich es schaffen sollte, mich gleichzeitig einzuseifen, war mir zwar noch ein Rätsel, aber fürs Erste machte ich die Augen zu und ließ mich von der Wärme einlullen.

Abrupt riss ich sie wieder auf, als ich die Türklinke hörte. Ich drehte den Kopf. Jonas lehnte im Türrahmen und beobachtete mich. Er hatte sein Hemd ausgezogen und den Rest seines Bauchs und seine breiten Brustmuskeln entblößt. Seine Lippen waren wieder leicht geöffnet und der Hauch eines

Lächelns umspielte seine Mundwinkel. Doch in seinen Augen lag ein dunklerer, ganz elementarer Hunger. Ein Ausdruck, der meine Fantasie anregte.

Jonas griff nach unten, um die Ausbuchtung in seiner Hose zurechtzurücken, und seine Tattoos regten sich bei jeder Bewegung. Ich zeichnete jeden Muskel mit den Augen nach, langsam und bedächtig. Die nächsten vierundzwanzig Stunden lang gehörte er mir, und ich würde dafür sorgen, dass es die besten vierundzwanzig Stunden meines Lebens würden.

In seinen leuchtend blauen Augen lag etwas Finstereres. Seine Vergangenheit, sein Buch, sein narbenübersäter Körper deuteten auf etwas Raueres hin. Etwas Gefährliches. Etwas, das mein Inneres in Flammen aufgehen ließ, ob es mir nun gefiel oder nicht.

Meine Brüste waren schwer, und ich umfasste eine mit der Hand. Ich spielte mit meiner Brustwarze und Lust durchfuhr mich wie ein Stromschlag. Jonas' Augen wurden groß, während er noch immer seine Erektion umfasst hielt.

Ich hob eine Augenbraue. „*S'il vous plaît?*"

Beim Klang meiner Stimme schwand die Finsternis ein wenig aus seinem Blick. Er lächelte. „Kann ich dir beim Duschen behilflich sein?"

Seine Stimme war noch rau vom Schlaf und er fuhr sich mit der Hand durch sein zerzaustes Haar, während er auf meine Antwort wartete. Erneut spielte ich mit meiner Brustwarze und nickte. Dann wandte ich ihm den Rücken zu.

Ich schloss die Augen und gab mich ganz meinen anderen Sinnen hin. Das warme Wasser, das über meinen Körper floss. Das Rascheln seiner Jeans, die zu Boden fiel. Mein Daumen, der über meine Brustwarze strich. Jonas' Schritte, die näherkamen.

Er legte mir die Hand tief auf die Hüfte, als er in die Wanne stieg. Er hob mein Haar an und küsste mir die Schulter, schmeckte meine Haut mit seiner Zunge. Er kratzte mir mit den Zähnen über die Haut seitlich am Hals. Mir stockte der Atem. Er presste seine Brust an meinen Rücken und schob mir seine Erektion zwischen die Beine.

„Sprich mir nach", flüsterte er mit den Lippen an meinem Ohrläppchen. „*Lave-moi, s'il vous plaît.*"

„*Lave-moi, s'il vous plaît*", wiederholte ich.

„*Très bien.* Sehr gut."

Jonas betätigte den Abflusshebel, sodass sich die Wanne langsam füllte. Seine Hände erkundeten meinen Bauch und streichelten meine Brüste, während uns das Wasser um die Knöchel plätscherte. Er nahm mir den Duschkopf aus der Hand und drehte das Wasser ab. Dann setzte er sich breitbeinig in die Wanne. Hitze durchfuhr mich, als ich mir ausmalte, wohin das führen würde.

„Jetzt setz dich auf mich", forderte er mich mit kehliger Stimme auf.

Ich hielt mich am Wannenrand fest und kniete mich über ihn. Dann beugte ich mich vor und berührte ihn mit den Brüsten. Ihm stockte der Atem, doch er rührte sich nicht. Er sah mir fest in die Augen, während ich über ihm balancierte.

„Ich glaube, Kondome funktionieren im Wasser nicht so gut", sagte er in angespanntem Tonfall. „Aber wir können andere Dinge tun."

Ich nickte leicht. Andere Dinge. Was für andere Dinge beherrschten seine Fantasien? Finsterere Dinge, über die er in seinem Buch geschrieben hatte?

Er streichelte mir über die Hüften, während er mich über die Spitze seiner harten, langen Erektion dirigierte. Er winkelte die Knie an, den Blick noch immer fest auf mein Gesicht gerichtet, bewegte die Hüften und glitt über meine Mitte.

Ich kniff die Augen zu, weil es sich so gut anfühlte, und stieß einen leisen Schrei aus. Seine Erektion zuckte unter mir und eine neue Hitzewelle raste mir durch den Körper. Er lächelte leicht. Seine kurzen, heiseren Atemzüge hallten mir in den Ohren.

„Bereit für die Seife?", flüsterte er.

Ich öffnete die Augen und schaute in das tiefe Blau seiner Iris. „Ich hatte gedacht, den Teil würden wir überspringen, als du zu mir in die Wanne gestiegen bist."

Jonas schüttelte den Kopf. „Oh nein. Ich wollte bloß nicht, dass dir langweilig wird."

„Sehr edelmütig von dir."

Unsere Atemzüge und unser leises Lachen hallten durch den Raum.

„Aber du musst stillhalten, sonst ist alles viel

schneller vorbei, als uns beiden lieb ist", ermahnte er mich. Er beugte sich vor und kostete mit den Lippen den Ansatz meines Halses. *„Le savon, s'il vous plaît?* Die Seife."

Ich drehte mich zu der Ablage hinter mir um und griff nach der Seife. Dann verlagerte ich mein Gewicht, sodass sich der Druck seiner prallen Erektion veränderte. Ich reckte mich über ihn und er beugte sich vor und nahm meine Brust in den Mund.

„Oh, Gott", stöhnte ich.

Er gab meine Brust wieder frei und lehnte sich heftig atmend in der Wanne zurück. Die Seife. Richtig. Jonas hatte die Augen geschlossen. Ich hob eine seiner Hände von meinen Hüften und legte das Seifenstück hinein. Dann beugte ich mich vor, küsste ihn sanft auf die Lippen und ließ dabei meine Brustwarzen über seine Brust streichen.

Ich seufzte. „Ich bin bereit."

Mit heiserem Atem stieß er einen Schwall Fremdwörter aus. Er machte die Augen wieder auf und lächelte mich wie benommen an. Ich verlagerte mein Gewicht wieder nach hinten und ein Schauer durchlief seinen Körper, was wiederum auch mich erzittern ließ.

Er schäumte die Seife auf und rieb mir mit der Hand langsam über den Arm, auf und ab. Ich öffnete den Mund, um eine Bemerkung über meine kleinen Makel zu machen, doch Jonas' Blick war so eindringlich, dass ich mich zurückhielt. Stattdessen beugte ich mich vor und küsste ihn zärtlich.

Wie es wohl wäre, ihn jetzt in mir zu haben? Alle Vorsicht über Bord zu werfen und ein einziges Mal einfach das zu tun, worauf ich Lust hatte? Und wozu würde ihn das verleiten?

Er veränderte seine Position, um sich meinem anderen Arm zu widmen. Ich spürte das Spiel seiner Muskeln bei jeder seiner Bewegungen, doch er ließ sich Zeit. Er betrachtete jeden Teil meines Körpers ganz genau, während er sich langsam nach unten arbeitete, über meine Brüste und über die Rundungen meines Bauchs und meiner Hüften. Keiner von uns beiden sagte etwas.

Als er mich bis untenhin eingeseift hatte, drehte er den Duschkopf auf, um mir die Seife wieder abzuwaschen. Wie kleine Rinnsale lief das Wasser über unser beider Körper.

„Als Teenager habe ich mich immer an solchen Fantasien aufgegeilt", stöhnte er.

Ich lächelte. „Du warst bestimmt ein sehr interessanter Teenager."

„Das ist eine höfliche Art, es auszudrücken." Einen Moment lang wurde sein Blick ernst, dann schüttelte er den Kopf und der Ausdruck verschwand.

Ich nahm ihm den Duschkopf ab und legte ihn beiseite. „Bin ich jetzt dran?"

Jonas' Augen weiteten sich und er drängte seine Hüften gegen meine.

„Was immer du möchtest", flüsterte er.

Ich küsste ihn sanft und griff nach der Seife. Ich ließ die Hände über die warmen, glatten

Muskeln seiner Brust und Schultern gleiten. Ich betrachtete seine Tätowierungen und zeichnete die Linien der mir fremden Worte nach. Auf dem großen schwarzen Vogel mit dem verletzten Flügel ließ ich meine Finger verharren. Diesmal zuckte Jonas nicht zusammen, aber seine Atemzüge kamen jetzt schneller. War er das, dieser gebrochene Vogel, der allem davonflog? Ich sah hoch und die Frage lag mir schon auf der Zunge, doch sein Blick war meilenweit weg.

Nein. Ich würde ihn nicht drängen. Nicht hier und nicht jetzt. Ich ließ den Blick über die Tätowierung auf seinen Schultern schweifen, die sich über seine muskulösen Arme hinab zog.

„Wann hast du dir das hier machen lassen?" fragte ich und berührte die Enden des verblassten Tribal-Motivs.

„An meinem achtzehnten Geburtstag", antwortete er. „Damals war ich zwar groß, aber nicht besonders muskulös. Ich hatte gerade mit dem Kämpfen angefangen und wollte die Typen, gegen die ich antrat, ein bisschen einschüchtern. Keine Ahnung, ob's funktioniert hat." Er lächelte mich schief an.

Ich hielt inne und sah ihm wieder ins Gesicht. „Was für Kämpfe?"

Jonas runzelte die Stirn. „Um Geld. Nichts Legales."

Ich wartete auf weitere Erklärungen, doch er schwieg.

„Bereust du das Tattoo jetzt, wo du nicht

mehr in der Einschüchterungsbranche tätig bist?" fragte ich.

„Ich denke eigentlich nicht mehr darüber nach." Sein Gesichtsausdruck wurde wieder weicher und er schmunzelte. „Warum? Magst du keine Tattoos?"

Ich spürte, wir mir die Hitze im Nacken aufstieg. „Doch. Ich wünschte, sie würden mich nicht antörnen, aber das tun sie."

Er sah mich stirnrunzelnd an, aber ich hatte keine Lust, weiter darüber zu reden. Im Augenblick gab es so viele andere Dinge, die ich lieber tun wollte.

Ich legte die Seife zurück in die Schale und setzte meine Erkundungen fort. Jonas schloss die Augen. Ich strich mit der Hand über seinen Hals und sein Puls pochte unter meinen Fingerspitzen. Der Druck seiner Hände auf meinen Oberschenkeln verstärkte sich und er ließ seine Daumen höher kreisen.

Ich nahm den Duschkopf und spülte ihm die Seife ab. Das Wasser lief an seiner Brust herab und vom Wannenboden stieg Dampf auf. Ich drehte die Hähne wieder zu.

„Verdammt, fühlt sich das gut an", knurrte er und packte mich fester, während er seine Hüften an mir rieb.

Er legte die Hände an meine Wangen und küsste mich. Ich griff zwischen uns, umfasste seine Erektion und rieb einmal fest darüber. Jonas biss die Zähne zusammen und legte den Kopf in den

Nacken. Bevor ich mir den nächsten Schritt richtig überlegt hatte, hob ich mein Becken an und brachte ihn unter mir in Position.

„Du hast doch nichts Ansteckendes?" flüsterte ich.

Er schüttelte leicht den Kopf, die Augen noch immer geschlossen.

In einer flüssigen Bewegung senkte ich mich hinab und ließ seine pralle, pochende Erektion in mich hineingleiten. Ich zitterte, als Lust und Erleichterung mich durchströmten. Ich wollte ihm näher sein, noch näher. Seine Haut an meiner spüren. Alles in meinem Körper spannte sich an. Es war himmlisch, nur Jonas und ich und sonst nichts. Nur noch ein paar Mal auf und ab und –

„Scheiße", stieß Jonas hervor. „Wir dürfen das nicht tun, *Alice*."

Mein Körper lechzte nach einem weiteren köstlichen Stoß, nur einem. Zitternd holte ich Luft und hielt inne. Verdammt. Was zum Teufel hatte ich mir nur dabei gedacht? Ich richtete mich auf, bis er aus mir herausglitt.

„Das ist verdammt heiß", stöhnte er mit rauer Stimme. „Aber wenn wir es ungeschützt machen wollen, müssen wir auch bereit sein, weiter als bloß bis morgen zu denken."

Ich kniff die Augen zu und nickte. Dann lehnte ich die Stirn an seine Brust und spürte das harte, schnelle Klopfen seines Herzens.

„Sollen wir aus der Wanne steigen und uns ein Kondom holen?", fragte er und seine Stimme rumorte in seiner Brust.

Ich nickte wieder und versuchte, meine Gedanken zu sortieren. Ich durfte auch nicht für eine Sekunde vergessen, dass uns nur noch eine gemeinsame Nacht blieb. Danach würde ich wieder abreisen. Ende.

Ich kletterte aus der Wanne und nahm mir ein Handtuch. Hinter mir plätscherte es und als ich den Kopf wandte, erhob Jonas sich gerade wie ein Wikingergott aus dem Wasser, das ihm in kleinen Rinnsalen über seine tätowierte Brust hinablief. Seine pralle Erektion wippte mir ungeduldig entgegen. Er starrte mit einem so finsteren Hunger auf meinen Hintern, dass ich innerlich in Flammen aufging. Oh, Gott! Woran er wohl gerade dachte?

Doch als ich mich umdrehte, verschwand dieser Ausdruck aus seinem Gesicht. Noch eine Seite an ihm, die er sorgfältig unter Verschluss hielt?

Ich reichte ihm ein Handtuch. Er trocknete sich achtlos ab und ließ Wasserperlen auf seinem breiten Bizeps und seinen kräftigen Schultern zurück. Ich ließ mein Handtuch fallen, trat zu ihm und leckte ihm das Wasser von der Haut. Ich fuhr mit der Zunge über die verworrenen Muster des keltischen Kreuzes und weiter nach oben. Dann stellte ich mich auf die Zehenspitzen und küsste den gebrochenen Flügel des schwarzen Vogels.

Jonas stöhnte vor unverkennbarer Lust auf. Ja, das gefiel ihm wirklich. Er war ein Mann, der bereitwillig kämpfte, aber seinen Narben nach zu urteilen nicht immer gewann.

Doch meine Fantasie verselbständigte sich. Was hatte er anschließend von seiner rothaarigen Freundin gewollt? Ungebeten schob sich ein Bild vor mein inneres Auge: Jonas, wie er eine andere Frau unter sich festhielt. Bei dieser Frau war er sicherlich nicht so sanft und beherrscht gewesen wie bei mir. Eifersucht durchzuckte mich, plötzlich und unerwartet.

Ich sah zu ihm auf und zeichnete die Narbe an seinem Kiefer nach. „Vermisst du es, auch mal ein bisschen gröber zu sein?"

Er versteifte sich, spannte sämtliche Muskeln an. „Das Kämpfen vermisse ich nicht."

„Das meinte ich nicht", flüsterte ich.

Ich spürte, wie sich seine Brust hob und senkte.

„Ich weiß", gab er langsam zu. „Aber ich kenne die Antwort auf deine Frage nicht. Die Kämpfe, die Drogen, der Sex – für mich ist das alles miteinander verworren. Und ich bin mir nicht sicher, ob ich es entwirren will."

Da hatte ich meine Antwort. Seine Unsicherheit. Er misstraute sich selbst noch immer wegen seiner Vergangenheit, wegen dem, wozu er fähig war. Er sehnte sich zwar nach etwas anderem, aber das bedeutete nicht, dass er keinen Gefallen mehr an gröberen Dingen fand.

Ich sah zu ihm hoch. „Was würdest du jetzt in diesem Moment am liebsten mit mir machen, Jonas?"

Er öffnete den Mund, als ob er etwas sagen wollte, hielt dann jedoch inne. Er nahm meine Lippe zwischen die Zähne und ich stöhnte auf. Er küsste mich wieder, während wir uns mit langsamen Schritten aus dem Bad in Richtung Bett bewegten.

„Ich werde es dir zeigen", sagte er.

Mein Herz setzte kurz aus, als ich mit den Waden gegen das Bett stieß.

„Du willst wissen, was ich jetzt in diesem Augenblick möchte?" Seine Lippen streiften meine, während er mich das fragte.

Ich schüttelte langsam den Kopf.

„Ich will der Mann sein, der dich mit seinem Mund zum Höhepunkt bringt. Ich will, dass du dich auf mich setzt und an mir herumspielst, während ich es tue. Und dann will ich mich gemeinsam mit dir verlieren."

Heiße Lust durchfuhr mich und ich holte zitternd Luft. Nicht genau das, was ich mir vorgestellt hatte. Nichts Grobes, zumindest jetzt nicht. Aber wow. Definitiv etwas Neues.

Er hielt mein Gesicht mit den Händen umfasst und flüsterte: „Ich will all das, was ein egoistischer Dreckskerl im Knast nicht haben kann. Auch wenn es nur für eine Nacht ist."

Ich blinzelte. Sein Kiefer war immer noch angespannt. Ich küsste ihn sanft auf seine Narbe, während mich ein Gefühl der Wärme durchlief. Er war immer noch auf der Flucht vor seiner Vergangenheit, genau wie ich. Aber er wusste, wo er hinwollte.

„Was sagst du dazu, Alice?"

Ich schluckte. „*Si'l vous plaît.*"

Die Anspannung in seinem Kiefer ließ ein wenig nach und sein Blick wurden sanfter. „Gut."

Mein Herz schlug schneller. So etwas hatte ich noch nie getan. Ich verschränkte die Arme, weil ich mir plötzlich so unbeholfen vorkam.

„Du musst nicht nervös sein", beruhigte er mich und streichelte meine Wange. „Es wird dir gefallen."

Er zog die Bettdecke zurück und legte sich hin. „Dreh dich um und stell die Knie neben meine Schultern. Du kannst dich vorbeugen und an mir herumspielen."

Meine Wangen wurden ganz heiß, als ich mir vorstellte, wie ich mich über seinen Mund hockte. Würde ich das wirklich über mich bringen? Ich könnte nie im Leben den Mut aufbringen, ihn darum zu bitten. Aber es war ja *seine* Fantasievorstellung.

Meine eigene Vorstellungskraft war ganz offensichtlich noch ausbaufähig.

Ich trat ein Stück näher, dann blieb ich stehen. „Bist du sicher, dass du das tun willst?"

„Teufel noch mal, ja." Jonas lächelte und seine Augen verdunkelten sich. „In der Nacht, nachdem du nach Kopenhagen abgereist warst, habe ich mir genau das ausgemalt und mir dazu einen runtergeholt."

Ich kletterte aufs Bett und stützte mich auf seiner Brust ab, während er mir half, die richtige

Position einzunehmen. Er hielt meine Hüften über sich fest. Ich sah zu seiner langen, harten Erektion, die um Aufmerksamkeit bettelte.

„Ich bin steinhart", stöhnte er. „Aber ich will nicht kommen. Noch nicht. Also spiel ein bisschen an mir herum, wenn du möchtest, aber nicht zu viel."

„Okay", sagte ich mit zittriger Stimme.

Er zog an meinen Hüften und ich ließ mich auf seinen Mund hinab.

„Ooohhh", flüsterte ich.

Es war überwältigend, seinen Mund so zu spüren, als er mich schmeckte, wieder und wieder. Und dann dieser Anblick. Ich hatte noch nie Gelegenheit gehabt, einen Mann aus dieser Perspektive zu betrachten, und die würde ich wahrscheinlich auch nie wieder bekommen. Ich verlagerte mein Gewicht auf die Hände, um ihn mir näher anzusehen, während er mich reizte.

Ich versuchte, mich auf seine pochende Erektion direkt vor mir zu konzentrieren. Erregte es ihn wirklich, mir Lust zu bereiten? War das ein Aspekt dessen, was er vorhin über die Dinge gesagt hatte, die er im Gefängnis vermisst hatte? Die Macht und die Intimität, jemand anderem Lust zu bereiten, waren zwei Dinge, die man hinter Gittern nicht hatte.

Ich streckte eine Hand aus und berührte seine feuchte Eichel. Seine Hüften zuckten und ich spürte seine abgehackten Atemzüge an meiner Mitte. Seine Zunge berührte eine besonders empfindliche Stelle und ich schrie auf. Er streichelte meine Hüften und tat es noch einmal. Ich konnte kaum noch einen klaren Gedanken fassen, aber ich war noch nicht fertig mit dem Erkunden. Ich legte die Hand um ihn und fühlte seine Größe und sein Gewicht. Er war so steinhart, dass es vermutlich schon wehtat, aber er hatte gesagt, er wolle noch nicht zum Höhepunkt kommen. Etwas so Erotisches hatte ich noch nie getan. Und ich war auch noch nie so erregt gewesen. Er reizte mich mit dem Mund, während ich seine Länge mit den Fingern nachzeichnete.

Ich konnte es kaum noch aushalten.

Er beschrieb einen weiteren Kreis mit der Zunge und in mir zog sich alles zusammen und explodierte. Jonas hielt mich fest und entlockte mir weitere Wellen der Ekstase und ich sackte auf seinem heißen Bauch zusammen. Ich schloss die Augen.

„Mein Gott", murmelte ich.

Die sanfteren Wellen der Lust hallten nach und verklangen und ich fühlte mich träge und benommen. Ich rollte mich von ihm herunter und er drehte sich zu mir um.

„Wow", flüsterte ich.

Jonas nickte. „Mmm."

„Lass mir einen Augenblick Zeit", keuchte ich.

Jonas schmunzelte. „Ich versuch's."

Er ging ins Bad und kam mit einem Glas Wasser zurück. Das Bett gab nach, als er sich auf die

Kante setzte. Er trank einen Schluck und rieb sich mit der Hand über den Nacken.

„Ich kann mich nicht entscheiden, ob es so gut ist, *weil* wir uns gerade erst kennengelernt haben oder *obwohl* wir uns gerade erst kennengelernt haben", sagte ich und zeichnete mit den Fingern eine breite Linie seines Schultertattoos nach.

Er drehte sich um und legte seine Hand auf meine. „Das spielt keine Rolle", sagte er leise. „Es ist sehr einsam in der Welt da draußen. Mit dir zusammen zu sein, macht es besser. Nur das zählt."

Ich schluckte. Er hatte Recht. Wenn auch sonst nichts daraus werden konnte, so hatten wir uns doch wenigstens eine kleine Gnadenfrist gesichert.

Er nahm ein Kondom vom Nachttisch und rutschte ein Stück nach hinten. Ich kletterte über seine Beine und setzte mich rittlings auf ihn. Dann nahm ich ihm wagemutig das Kondom aus der Hand und es gelang mir, es ihm überzustreifen, ohne mir anmerken zu lassen, dass ich so etwas noch nie getan hatte. Jonas hob mich an und ich ließ mich langsam hinab. Ich war immer noch so empfindlich, dass mir der Druck beinahe zu viel war.

„Alles okay?", fragte er mit zusammengebissenen Zähnen.

Ich nickte.

„Du weckst meine Sehnsucht, Alice", stöhnte er. „Eine Sehnsucht nach Dingen, von denen ich nie geglaubt hätte, dass ich sie mal haben könnte."

Seine Worte trafen einen Punkt tief in meinem Innern und hallten wie ein Echo durch meinen Körper.

Jonas rollte sich auf mich, verschränkte seine Hände mit meinen und schob sie über meinen Kopf. Er küsste mich, während er sich mit tiefen, langsamen Stößen zu bewegen begann. Bei jedem Stoß umklammerte er meine Hände fester und sein Kuss wurde tiefer und leidenschaftlicher. Ich spürte, wie meine Lust anschwoll und die Traurigkeit verdrängte. Ich legte den Kopf in den Nacken und verlor mich in der Hitze und der Reibung von Jonas' Körper. Seine Augen waren schwer vor Lust und seine Lippen leicht geöffnet. Ich wandte den Blick nicht ab. Seine Stöße wurden härter, schneller, immer wilder. Das Bett ächzte und stöhnte im Rhythmus unserer Bewegungen.

Er schob eine Hand zwischen meine Beine und massierte mich zärtlich, bis ich an der Schwelle zur Ekstase stand. Er bäumte sich auf drang knurrend immer heftiger in mich ein, bis ich seinen Namen schrie. Ich erbebte vor Wonne, als er mit schwerem, abgehackten Stöhnen noch ein paar letzte Male zustieß. Er kam heftig, seine Muskeln bis zum Zerreißen gespannt und zuckend. Er ließ den Kopf an meinen Hals sinken und flüsterte Worte, die ich nicht verstand.

Aber das brauchte ich auch nicht. Nicht, wenn er sich so an mich klammerte, als wollte er mich nie wieder loslassen.

4

DIE SONNENSTRAHLEN WAREN durch den Raum gewandert. Ich lag halb auf Jonas, unsere Beine miteinander verschlungen, und befand mich in einem verträumten Nebelzustand tiefster Befriedigung.

„Ich bin am Verhungern", sagte Jonas und streichelte mir über die Haare.

Er küsste mich und setzte sich auf, und das Bett ächzte unter seinen Bewegungen.

Ich setzte mich auf die Bettkante und beobachtete ihn. Seine Muskeln dehnten und beugten sich, als er sich ein weißes T-Shirt überzog. Ein dunkles Tintenungeheuer schlängelte sich um seinen dicken, harten Bizeps.

„Wann hast du dir dieses Tattoo machen lassen?" fragte ich.

Er runzelte die Stirn. „Kurz bevor ich ins

Gefängnis kam."

Was das wohl für eine Bestie sein mochte? Sie hatte dunkle Augen und Blutstropfen an den Zähnen. Stellte sie einen Teil von ihm dar? Musste wohl so sein, wenn er sie auf seinem Körper verewigt hatte.

Ich biss mir auf die Lippe. Wie sehr sollte ich ihn drängen, mir mehr zu erzählen? Er machte jedes Mal dicht, wenn seine Vergangenheit zur Sprache kam. Der Rest seines Lebens sollte mir eigentlich egal sein, da uns ja nur noch ein gemeinsamer Tag blieb, aber irgendwie war er das nicht.

Jonas nahm ein frisches, blaues Hemd mit geknöpftem Kragen aus seinem Koffer und zog es sich über die Arme, sodass das Tattoo verschwand.

Ich zog die Augenbrauen hoch. „Machst du dich extra für mich schick?"

Er sah zu mir herüber und die Distanziertheit in seinen Augen schmolz dahin. „Ich wüsste keinen besseren Grund."

Meine Wangen erröteten. Eine feuchte, zerzauste Haarsträhne fiel ihm in die Stirn, als er das Hemd zuknöpfte. Er sah wieder zu mir auf und ich leckte mir über die Lippen. Seine Augen weiteten sich. Er trat langsam einen Schritt vor und streichelte mit einer Hand über meinen nackten Arm.

Ich fuhr mit den Fingern über die Knöpfe seines Hemdes. Er kniete sich vor mir hin, beugte sich vor und küsste mich zärtlich.

„Du siehst wunderschön aus", flüsterte er

mit leiser, tiefer Stimme dicht an meinem Ohr. „Nackt und mit wild zerzaustem Haar."

Er umfasste meine Brust und mir stockte der Atem.

Er nahm einen langen, tiefen Atemzug. „Verdammt, riechst du gut." Er drückte meine Brust und stöhnte, dann ließ er mich los. „Zieh dir lieber was an." Er reichte mir das Sommerkleid, das ich über den Stuhl in der Ecke gehängt hatte.

Wie konnte dieser Mann derselbe sein, der seinen Körper über und über mit dunkler Tinte bedeckt hatte? Eine Frau konnte geradezu süchtig werden nach der Art von Komplimenten, die ihm über die Lippen kamen. Ganz bestimmt hatte er sich schon einmal die Finger verbrannt, indem er seine Gefühle so offen zeigte, und doch tat er es noch immer.

Aber was gewisse Aspekten von ihm anging, war er auf der Hut, und andere schien er komplett weggeschlossen zu haben. Oder versuchte es zumindest. Was würde ich entdecken, wenn ich ihn ein wenig mehr drängte? Irgendwann heute würde ich es herausfinden.

Ich berührte seine Wange mit den Fingerspitzen. „Du bist ein bemerkenswerter Mann, Jonas Hällström."

Er sah mich an und in seinen Augen flackerten Emotionen auf, die ich nicht deuten konnte, aber er erwiderte nichts.

Schweigend und händchenhaltend fuhren wir mit dem Aufzug hinunter in die Lobby und gingen hinaus auf den kleinen Platz. Vom Zimmer aus hatte ich gar nicht bemerkt, dass es geregnet hatte, aber der Bürgersteig war feucht. Ich atmete die warme, weiche Luft ein und seufzte laut. Jonas grinste mich an und drückte meine Hand.

Wir überquerten eine Straße und erreichten einen größeren Boulevard. Die Bürgersteige waren voller Menschen, aber niemand schien es besonders eilig zu haben. Jonas und ich schlossen uns dem Strom der Pariser an und schlenderten an Hutgeschäften und Chocolatiers vorbei. Auf der Außenterrasse eines Cafés war ein Mann mit einer Schürze damit beschäftigt, die Korbstühle und winzigen Tische trockenzuwischen.

Jonas warf einen Blick in die erste Bäckerei, an der wir vorbeikamen. Der Duft von Butter und Hefe wehte uns aus dem schmalen Raum entgegen. Mein Magen knurrte.

Jonas sah auf seine Uhr. „Es ist noch ein bisschen früh fürs Abendessen. Wollen wir uns hier eine Kleinigkeit holen?"

Ich atmete die süßen Düfte tief ein. „Mmm. Ich fürchte, wenn ich diese Bäckerei betrete, ist es nicht mit einer Kleinigkeit nicht getan."

Jonas zog eine Augenbraue hoch: „Wäre das denn so schlimm?"

„Ich finde schon", erwiderte ich. „Diese Reise untergräbt meine ganze Selbstbeherrschung."

Jonas beugte sich herab und küsste meinen Hals. „Ich Glückspilz. Willst du draußen warten? Lass dich einfach überraschen."

Ich nickte. Er strich mir mit der Hand über die Wange und wandte sich zur Tür.

Ich setzte mich an den Tisch neben dem Fenster und lehnte mich zurück. Eine kleine Vase mit lila und gelben Stiefmütterchen stand auf einem kleinen Leinendeckchen am Rand des Tischs, zusammen mit einer in Schönschrift von Hand verfassten Speisekarte. Offenbar hatte sich jemand Zeit für dieses hübsche Arrangement genommen und es vor dem Regen in Sicherheit gebracht.

Ich schaute durch das Fenster des Cafés nach Jonas. Er stand mit seinem breiten Rücken zu mir, die Hände in die Taschen gesteckt. Die Kassiererin zeigte auf ein Gebäckstück und Jonas nickte.

Jemanden wie Jonas hätte ich nie im Leben auf den Straßen von Paris erwartet, doch er schien sich seiner Wirkung gar nicht bewusst zu sein. Oder vielleicht war es ihm auch einfach egal. Selbst so schick angezogen besaß er immer noch diese *Leg-dich-ja-nicht-mit-mir-an*-Ausstrahlung.

Da, wo ich aufgewachsen war, wäre ein Typ wie er der King im Viertel gewesen. Er hätte eine feste Freundin und noch ein paar andere nebenbei gehabt. Wenn er nicht gerade im Knast gesessen hätte. Oder längst tot gewesen wäre. Ich runzelte die Stirn. Solche Gedanken hatten in meiner Pariser Fantasievorstellung nichts zu suchen.

Jonas kam mit einem Tablett nach draußen und stellte es auf den kleinen Tisch. Der Duft von Kaffee und Butter vermischte sich mit der warmen Luft.

Ich seufzte. „So spät am Tag noch Kaffee?"

„Damit wir die ganze Nacht wachbleiben", erwiderte er. „Ich helfe dir nur dabei, wieder auf New Yorker Zeit zu kommen."

Ich verdrehte die Augen. „*Merci.*"

„Gutes Französisch."

„Und ganz ohne Vorsagen."

Jonas verzog den Mund zu einem Lächeln. „Wir können gern länger aufbleiben und noch ein bisschen Französischunterricht machen."

„Du hast mir noch keine versauten Wörter beigebracht."

„Machen wir jetzt eine Liste mit Dingen, die wir noch nicht getan haben?" Jonas schob eine Hand unter den Tisch und meinen Oberschenkel hinauf. „Ich hätte da noch ein paar Punkte hinzuzufügen."

Ich lachte. „Das hast du definitiv schon mal gemacht."

Er stellte mir eine Tasse mit Milchschaumkrone hin und nahm sich selbst den schwarzen Kaffee. Ich trank einen Schluck von dem cremigen Getränk und biss in das hauchzarte Croissant. Mit geschlossenen Augen genoss ich die butterweichen Teigflocken, die mir im Mund zergingen. Jonas hatte die Hand wieder weggezogen, aber sein Oberschenkel lehnte warm und fest an meinem. Die Sonne schien mir auf den Rücken und Wärme durchströmte mich.

Würde ich mich an dieses Gefühl erinnern, wenn ich wieder in New York war?

Ich machte die Augen auf, gerade als Jonas sich das letzte Stück seines Croissants in den Mund steckte. Er beugte sich über den Tisch und legte mir eine Hand an die Wange. Ich holte stockend Luft. Er öffnete den Mund, als ob er etwas sagen wollte, doch es kam nur sein Atem heraus.

Er schüttelte den Kopf leicht und ließ seine Hand sinken. „Fertig?"

Ich nickte.

Wir schlenderten gemächlich die Straße hinab und wichen dabei Hunden, gut gekleideten Männern und merkwürdig gleichmütigen Kindern aus. Die Sonne schien auf das feuchte Kopfsteinpflaster und ließ zarte Nebelschwaden aufsteigen. Jonas legte seinen Arm um meine Taille und deutete auf eine schmale Seitenstraße abseits der belebten Flaniermeile.

Wir überquerten die Straße und er verlangsamte seine langen Schritte, um sich meinem Tempo anzupassen. Vor dem schmalen Rundbogeneingang zu einem Buchladen wurde ich noch langsamer. Die Schaufenster waren auf beiden Seiten mit turmhohen Bücherstapeln zugestellt. Auf dem Bürgersteig standen bunt zusammengewürfelte Tische mit Weidenkörben darauf, die bis obenhin mit noch mehr Büchern vollgestopft waren. Ich blieb an einem der Tische stehen und strich mit den Fingern über die Buchrücken.

Jonas nahm ein vergilbtes Taschenbuch in die Hand und blätterte durch die ersten Seiten. Ich ließ den Blick über den Tisch schweifen auf der Suche nach einem bekannten Namen. Jean-Paul Sartre. Ich nahm das Buch in die Hand und musterte den Einband. Ein paar Worte auf Französisch und der Name Simone de Beauvoir. Jonas legte sein Buch weg und sah mir über die Schulter.

„Sartres Liebesbriefe an de Beauvoir auf Französisch?", fragte er. Ich konnte seiner Stimme anhören, dass er grinste. „Ehrgeizig."

Ich lachte. „Ich will es nicht kaufen. Ich habe nur die Namen erkannt."

Er strich mir mit der Hand über die Schulterblätter. „Lebe im Hier und Jetzt, stimmt's?"

„Immer." Ich verdrehte die Augen. Obwohl im Hier und Jetzt zu leben bisher ziemlich gut lief. Bestimmt war hier die Magie von Paris am Werk.

„Wieso das Verlagswesen, Alice?", fragte Jonas. „Du bist … nicht gerade das, was ich erwartet hätte."

„Das musst gerade du sagen!"

„Da hast du auch wieder recht." Er lachte und seine tiefe Stimme ging mir durch und durch. „Aber im Ernst, wieso?"

Ich zuckte mit den Schultern. „Bücher haben mir durch viele Jahre hindurchgeholfen. Wahrscheinlich war das ganz gut so, denn die meisten meiner Freundinnen sind früh schwanger geworden. Die meiste Zeit gab es niemanden außer meiner Mutter und mir in unserer kleinen Zweizimmerwohnung. Wir hatten kein Geld. Die einzigen Leute in meiner Gegend, die Geld hatten, bedeuteten nichts als Ärger."

Ich sah zu ihm hoch und er hob eine Augenbraue. „Von dieser Art von Ärger solltest du dich lieber fernhalten", sagte er.

Unwillkürlich zogen sich meine Mundwinkel nach oben. Er selbst hatte einmal genau diese Art von Ärger verkörpert.

„Das versuche ich ja. Aber anscheinend findet der Ärger mich trotzdem immer wieder", entgegnete ich.

Jonas lachte und wir setzten uns wieder in Bewegung. Dabei sah er mich weiter an und wartete offenbar darauf, dass ich weitererzählte.

Ich seufzte. „Alles, was ich wollte, war, nicht so zu enden wie meine Mutter. Sie hat mir von klein an eingebläut, dass ich einen guten Mann brauche, der sich um mich kümmert. Sie hat ihr ganzes Leben damit verbracht, sich nach meinem Vater zu verzehren, aber er war immer wieder im Gefängnis." Ich sah kurz zu Jonas. „Ich bin mir nicht sicher, ob sie ihn für einen dieser ‚guten Männer' gehalten hat oder nicht."

Darüber hatte ich schon lange nicht mehr geredet. Ich hatte hart daran gearbeitet, meinen Brooklyner Akzent loszuwerden, und gegen Ende meines ersten Jahres an der Columbia war meine Herkunft nur noch selten zur Sprache gekommen. Es war seltsam, hier in dieser Pariser Straße an meine Teenagerzeit zurückzudenken, aber Jonas beobachtete mich mit bewusst neutralem Gesichtsausdruck und wartete darauf, dass ich fortfuhr. Was gab es da noch zu sagen?

Ich blieb vor dem Schaufenster eines Juweliergeschäfts stehen und tat so, als interessierte ich mich für die Ohrringe. Ich holte tief Luft. „Meine Mutter hielt auch das College für Geldverschwendung. Mein Aufsatz für die College-Bewerbung und das Empfehlungsschreiben meines Englischlehrers brachten mir ein Stipendium ein, und danach hat sie aufgehört, mir damit in den Ohren zu liegen. Und plötzlich stand ich mit einem Abschluss in Englisch da. Das Verlagswesen war Lichtjahre von dem entfernt, wo ich herkam, also habe ich zugegriffen."

Meine Stimme klang hohl. Ich hätte meine Mutter gar nicht erwähnen sollen. All diese Dinge lagen in der Vergangenheit, und man konnte nichts weiter tun als nach vorn zu schauen.

Ich verharrte vor der Auslage filigraner Silberohrringe und wartete auf weitere Fragen über meine Vergangenheit, doch es kamen keine. Das mochte ich wirklich sehr an Jonas. Er drängte mich nicht.

Er sah auf die Schmuckauslage vor mir. „Welche?"

Es gab größere und kleinere Varianten verflochtener Silberfäden, allesamt sehr filigran und wunderschön. Ich zeigte auf ein Paar ganz am Ende, lang und extravagant. „Die da."

Er lächelte. „Willst du sie?"

Bot er mir hier gerade an, mir Schmuck zu kaufen? Wohl eher nicht.

Ich schüttelte den Kopf. „Ich habe schon –".
Ich unterbrach mich, bevor ich den Satz beenden konnte. Ich hatte schon zu viel Geld ausgegeben.

„Nein, danke", sagte ich stattdessen.

Jonas wartete noch einen Augenblick, dann ließ auch er das Thema fallen.

Er nahm meine Hand und wir schlenderten weiter die Straße entlang. Ich schloss die Augen und atmete den süßen, vollmundigen Schokoladenduft ein, der aus einem Laden wehte, an dem wir vorbeikamen.

„Es ist schon sehr lange her, dass ich einfach nur so umhergeschlendert bin", sagte ich.

„Keine Spaziergänge im Central Park mit deinem Freund?"

Ich prustete. „Wohl kaum. Dafür war er nicht der Typ."

„Und was für ein Typ wäre das?"

Ich konnte das Lächeln in seiner Stimme hören. Ich zuckte mit den Schultern. „Du weißt schon, Blumen und Luftballons und lauter so kitschiger Kram."

Jonas lachte. „Dann nehme ich mich mal lieber in Acht, dass ich nichts von diesem *Kram* bei dir ausprobiere."

Ich sah zu ihm hoch und hob eine Augenbraue. „Ach ja? Über welche Dinge reden wir hier?"

„Das wüsstest du wohl gerne." Er tat so, als würde er sich brennend für ein Schaufenster mit Herrenhemden interessieren, aber ich konnte sehen, wie sein Grinsen immer breiter wurde. „Wahrscheinlich viel zu kitschig für deinen erlesenen Geschmack."

„Wahrscheinlich", stimmte ich ihm zu und verkniff mir das Grinsen.

„Wie war er denn so?", fragte Jonas.

„Wer? Neil?"

„Ist das der Name deines Ex-Freunds?" Er grinste. „Klingt klein und mickrig."

Ich musste lachen. „Nein, nicht wirklich."

„Hat er einen Anzug getragen?"

Ich nickte. „Klar. Die übliche Garderobe für Mitglieder der Geschäftsführung, würde ich sagen."

Jonas blieb stehen und drehte sich zu mir um.

„Er ist Geschäftsführer?", fragte er.

„Ja. Bei Boars & Allen."

Seine Augen wurden ganz groß. „Du arbeitest mit ihm zusammen?"

Ich wand mich unter seinem Blick und bereute meine letzte Bemerkung. Ich wollte wirklich nicht darüber reden.

„Nur am Rande", sagte ich. „Er ist nicht mein Chef, falls du dich das fragst."

Jonas erwiderte nichts. Wir gingen weiter und keiner von uns sprach. Schließlich blieb er stehen und drehte sich zu mir um.

„Hast du ihn geliebt?"

„Nein", antwortete ich. „Nicht einmal annähernd."

Damals hatte ich sowohl Neil als auch mich

selbst überrascht, als ich seine Frage, ob ich mit ihm zusammenziehen wolle, schlichtweg verneint hatte. Und zum Glück hatte ich das getan. Denn im Anschluss war es mir so vorgekommen, als hätte er sich für den unwahrscheinlichen Fall, dass ich ihm eine Abfuhr erteilen würde, all seine gemeinsten Gedanken aufgespart.

„Warst du jemals verliebt?"

Ich wandte den Blick ab und schüttelte den Kopf. Wahrscheinlich war ich einfach nicht der Typ, der sich wirklich richtig verlieben konnte.

Aber bevor ich weitergehen konnte, schlang Jonas die Arme um mich und hob mich hoch.

„Eines Tages, Alice", flüsterte er. „Eines Tages."

Er setzte mich wieder ab und nahm mein Gesicht in die Hände. Dann küsste er mich zärtlich und lange. *Eines Tages* war nicht einfach bloß eine Trostfloskel. *Eines Tages* war ein Versprechen. Eines, das er nicht einlösen konnte. Warum schlug mir das Herz dann bis zum Hals?

Ich setzte mich wieder in Bewegung. „Warum dieses Interesse an Neil? Glaub mir, es ist viel weniger dramatisch, als es klingt."

Jonas legte mir den Arm um die Taille und wir gingen im Gleichschritt.

„Ich versuche nur, mir ein Bild von dir zu machen", erklärte er. „Es ist ein schönes Gefühl, etwas über dich erfahren zu wollen und Dinge herauszufinden. Ich hatte noch nie eine normale Beziehung, in der man sich langsam gegenseitig kennenlernt."

„Ich glaube, das kann ich nachvollziehen", erwiderte ich und ging etwas langsamer. „Aber wir haben keine Beziehung."

„Im Augenblick schon", widersprach er und sah mich entschlossen an. „Also verhalte ich mich auch so."

Ich runzelte die Stirn.

Jonas sah zu mir hinab und seine Miene war ernst. „Wir wissen doch nicht, was als Nächstes passiert. Alles ist möglich. Was, wenn du an der nächsten Ecke von einem dieser verrückten Taxis angefahren wirst? Dann werde ich definitiv nicht bereuen, dich nach diesen Dingen gefragt zu haben."

Ich blinzelte. „Hmm. Sehr tiefsinnig, Jonas."

In seinen Augenwinkeln erschienen Lachfältchen und er schmunzelte. „Nur keine Sorge. Für gewöhnlich bin ich viel seichter."

Ich lächelte ein wenig. Immer diese Selbstironie. Aber mit Bescheidenheit hätte er es in der Einschüchterungsbranche nicht weit gebracht. Er besaß noch eine andere Seite, eine, die ihm in Tinte über den ganzen Körper geschrieben stand. Eine, die er sicher vor mir verschlossen hielt. Wann kam sie zum Vorschein? Bei meinem Vater hatten schon ein paar durchzechte Nächte gereicht und er war ausgerastet.

Verdammt. Warum musste ich ausgerechnet jetzt wieder an meinen Vater denken? Jonas war nicht wie er, jedenfalls im Augenblick nicht. Und unsere *Beziehung* würde nur noch knapp einen Tag dauern. Ich schlang die Arme um seine Taille, weil ich die Wärme seines Körpers spüren wollte. Keiner von uns sprach. Wir spazierten unter den Markisen einer kleinen Ladenzeile hindurch, die in der sanften Brise flatterten.

„Wenn mich ein amerikanischer Verlag für dieses Buch unter Vertrag nimmt, werde ich wahrscheinlich nach New York kommen", sagte Jonas. „Wollte ich nur mal so erwähnt haben."

Er ließ es so beiläufig klingen, als würde er über das Wetter reden.

„Oh." Was erwartete er denn jetzt von mir zu hören? Dass mein Herz bei dem Gedanken, ihn wiederzusehen, wie wild pochte? Das tat es. Ich atmete tief durch und bemühte mich um einen nichtssagenden Gesichtsausdruck.

„Es ist bloß so, dass ich im wahren Leben ein Arschloch bin", erklärte er. „Ich will nicht, dass du mich so siehst."

Ich atmete langsam und gleichmäßig weiter. Vielleicht hatte ich mich ja geirrt. Vielleicht hatte er doch vieles mit meinem Vater gemeinsam.

Ich ließ seine Taille los und bückte mich, um meinen Schuh zu richten. Ich wollte nicht, dass er meinem Gesicht auch nur einen Hauch von Enttäuschung ansah. Eigentlich hätte es mich nicht überraschen dürfen, wieso also versetzte es mir einen kleinen Stich und wieso fühlte es sich so an, als hätte er mich abgewiesen? Ich hätte doch erleichtert sein müssen. Da es schon bald zwischen uns aus sein würde, gab es keinen Grund, mich zurückzuhalten. Ich konnte einfach ganz egoistisch sein und ihn heute Abend um alles bitten, was ich wollte. Ohne mir Sorgen darum machen zu müssen, ob ich ihn vielleicht zu weit trieb. Ich richtete mich wieder auf.

Wir bogen in eine schmale Straße ab, in der es keine Geschäfte gab, nur die ruhigen Hauseingänge der alten Gebäude, die sich in Grau- und Brauntönen in den Himmel reckten. Jonas und ich waren die einzigen Passanten auf der Straße und unsere Schritte die einzigen Geräusche vor dem Verkehrslärm im Hintergrund.

Wir bogen um eine Ecke und dann um noch eine, bis wir wieder auf dem breiten Boulevard ankamen, auf dem uns das Taxi abgesetzt hatte. Auf der anderen Straßenseite, jenseits der niedrigen Betonmauer, erhaschte ich einen Blick auf die Seine. Und in der Ferne, hinter der Flussbiegung, ragte der Eiffelturm zwischen den Bäumen hervor.

Das war es. Das Paris meiner Träume. Ein Gefühl freudiger Erregung durchfuhr mich und verdrängte die düsteren Gedanken um Jonas. Ich war hier, in diesem Moment, mit einem Mann, der mich schon mit ein paar geflüsterten Worten erregen konnte. Und das tat er, immer und immer wieder. Das war doch genug, oder nicht?

„Lass uns rübergehen", bat ich. „Ich möchte näher zum Fluss."

Die Sonne war hinter ein paar bauschigen Wolken verschwunden und das Wasser der Seine schimmerte in Violett- und Blautönen. Wir fanden einen breiten Weg, der von der Straße hinabführte und entlang der Flussbiegungen verlief. Das Betonufer fiel zum Wasser hin ab und am Rand saßen einige Männer und Frauen, manche in Grüppchen, andere allein, und lasen oder rauchten Zigaretten oder unterhielten sich. Wir kamen an einem Paar vorbei, das in einen innigen Kuss versunken war. Der Mann ließ eine Hand über das Bein der jungen Frau hinauf unter ihren Rock wandern. Ich starrte die beiden an, als wir vorbeigingen, aber weder der Mann noch die Frau bemerkten es. Die Frau stöhnte, als wäre es ihr völlig egal, wer sie sah oder hörte. Wie weit würden die beiden hier am Ufer der Seine, in aller Öffentlichkeit, wohl gehen?

Jonas drückte meine Hand und nickte in Richtung des Pärchens. „Möchtest du das auch mal ausprobieren?"

Ich schüttelte den Kopf. „Ich stehe nicht auf Knutschen in der Öffentlichkeit."

„Haben wir das noch nicht getan?", fragte er und kam langsam zum Stehen. „Noch kein heißer Schlafzimmerkuss in der Öffentlichkeit?"

„Nur dieser Kuss auf der Straße in Stockholm, aber da war sonst niemand."

Jonas' Blick bekam einen hungrigen Ausdruck. Erinnerte auch er sich an diesen Kuss? Seine Lippen teilten sich. „Hmm ... darüber hatte ich noch nicht nachgedacht, aber vielleicht haben wir es wirklich noch nicht getan." Er zog eine

Augenbraue hoch. „Warst du noch nie ein bisschen beschwipst und hast mit deinem Ex auf dem U-Bahnsteig rumgemacht?"

Ich prustete. „Ich bezweifle, dass Neil jemals U-Bahn gefahren ist. Also nein." Ich versuchte, mir vorzustellen, wie Jonas mich mitten auf der Straße leidenschaftlich küsste und dabei die Hände zu meinen intimeren Stellen wandern ließ. Ich runzelte die Stirn. Die Vorstellung war eher peinlich als sexy. „Ich glaube, ich würde mir vorkommen, als würde ich eine Show abziehen. Für andere Leute, so als ginge es gar nicht um mich."

„Selbst hier, in einem fremden Land?"

„Ich weiß es nicht." Ich beobachtete die anderen Passanten. Niemand sonst schien dem verliebten Pärchen viel Aufmerksamkeit zu schenken. Die Frau hatte sich inzwischen auf den Schoß des Mannes gesetzt.

„Es scheint niemanden zu interessieren", bemerkte ich. „Vielleicht könnte ich es, aber mir ist schleierhaft, warum jemand so etwas wollen würde."

Die Lachfältchen um Jonas' Augen kräuselten sich, aber er verkniff sich das Grinsen. „Vielleicht lassen sie sich einfach vom Augenblick mitreißen?"

„Kann sein." Ich zuckte die Schultern.

Er lachte und setzte sich wieder in Bewegung.

Ich sah ihn mit hochgezogener Augenbraue an. „Lachst du mich aus?"

„Das würde ich niemals tun."

Ich versetzte ihm einen kleinen Schubs. „So viel zum Thema romantischer Spaziergang an der Seine."

Jonas sah auf seine Uhr. „Dann lass uns essen gehen. Ich kenne ein tolles Lokal hier in der Nähe." Er drückte mir demonstrativ einen feuchten Kuss auf die Lippen. Als er wieder von mir abließ, strahlte er amüsiert übers ganze Gesicht.

Ich schüttelte den Kopf und lächelte ein wenig. Nicht schlecht.

Wir überquerten den belebten Boulevard und bogen in eine andere kleine Straße ab. Jonas sah so entspannt aus. Ob er glücklich war? Gut möglich. Nachdem er ja jetzt reinen Tisch gemacht hatte, was unsere nicht existente Zukunft anging.

Die Geschäfte waren hell erleuchtet. Wir rückten näher zusammen, um anderen Paaren auf dem schmalen Bürgersteig auszuweichen, und meine Hand streifte seine. Es war so intim, seinen Körper so nah neben mir zu spüren.

Vor einem der Restaurants blieb Jonas stehen. Auf einer riesigen Kreidetafel neben dem Eingang stand in eleganter Schrift die Speisekarte – natürlich auf Französisch. Wenigstens die Preise konnte ich lesen. Was auf den zweiten Blick nicht so gut war. Alles war viel zu teuer. Selbst das allererste Gericht, das vermutlich bloß ein winziges Arrangement aus Salatblättern war. Mein Magen knurrte und verlangte eindeutig nach mehr als nur Salat.

Verdammt. Mein Tag mit Jonas war so turbulent gewesen, dass es mir fast gelungen war, mein Grundproblem völlig zu vergessen: Ich konnte mir diese Reise eigentlich gar nicht leisten. Stockholm und Kopenhagen waren von Boars & Allen bezahlt worden. Hier jedoch war ich auf mich allein gestellt. Wenn ich so viel Geld für ein Abendessen ausgeben würde, wäre meine ohnehin schon überlastete Kreditkarte am Limit, bevor ich überhaupt die Hotelrechnung zu sehen bekäme. Ob es in Paris wohl Snackautomaten gab?

Ich schluckte und drehte mich zu Jonas um. „Ähm, wenn ich es mir recht überlege, könnten wir uns doch auch einfach ein Sandwich in der Bäckerei holen, an der wir vorbeigekommen sind, und zum Hotel zurückfahren."

Hitze kroch mir den Nacken hinauf und ich wandte den Blick ab. Vielleicht dachte Jonas, ich suchte einen Vorwand, um ihn wieder ins Bett zu bekommen.

Er erwiderte nichts. Schließlich sah ich wieder zu ihm auf.

Er musterte mich mit gerunzelter Stirn. „Würde es helfen, wenn ich dir die Speisekarte vorlese?"

Sein Blick war forschend. Würde ich mit Neil hier stehen, hätte sich dieses Gespräch bereits in einen Streit darüber verwandelt, dass ich nie einfach mal loslassen konnte. Dass ich viel mehr Spaß haben könnte, wenn ich einfach ein bisschen entspannter wäre. Aber Jonas war nicht Neil, ganz und gar nicht.

Sollte ich Jonas also anlügen oder Geld ausgeben, das ich wirklich, *wirklich* nicht hatte? Meine guten Vorsätze schwanden zusehends. Ich musste mir irgendetwas einfallen lassen, aber Erschöpfung und Hunger machten mir das Denken schwer.

„Okay. Lass uns reingehen und du liest mir die Speisekarte vor", erwiderte ich.

Es dauerte einen Moment, bis sich meine Augen auf das Kerzenlicht in dem kleinen Raum mit der niedrigen Decke eingestellt hatten. Die Tische standen dicht gedrängt, sodass man sich hindurchzwängen musste, und an den dunklen Holzwänden hingen alte Fotos und Schilder. Im Hintergrund spielte leise Jazzmusik. An einem Fenstertisch saß ein anderes Paar dicht aneinander gelehnt, die Gesichter von der Abendsonne beschienen.

Jonas sagte auf Französisch etwas zum Kellner und deutete auf den hinteren Ecktisch. Der Kellner nickte und führte uns durch das Restaurant. Ich setzte mich auf die Bank an der Wand und der Kellner reichte mir eine Speisekarte. Ich suchte nach etwas, das mir bekannt vorkam.

„Escargot?" las ich.

Jonas' Gesicht erhellte sich. „Möchtest du die probieren?"

Ich sah auf und rümpfte die Nase. „Schnecken, oder? Hmm …"

„Die habe ich noch nie gegessen", erklärte

Jonas. „Ich nehme sie."

Ich überflog meine Speisekarte und legte sie hin. „Bestell mir einfach irgendwas Französisches."

„Das ist alles französisch", erwiderte er trocken.

Ich verdrehte die Augen. „Ich meine etwas typisch Französisches. Etwas Unvergessliches."

„Du legst die Messlatte ja ziemlich hoch. Dann werde ich mal versuchen, deinen Wunsch zu erfüllen."

Der Kellner kam zurück und Jonas sprach ein paar Augenblicke gestikulierend mit ihm. Der Mann nahm unsere Speisekarten und ging weg.

„Ich habe dir das Bœuf bourguignon und ein Glas Wein bestellt", klärte Jonas mich auf. „Nichts Ausgefallenes, aber definitiv französisch."

„Danke."

Er steckte eine Hand unter den kleinen Tisch und legte sie auf mein Knie. Zwischen seinen Augenbrauen hatte sich eine Falte gebildet, aber er sagte nichts.

Ich wollte ihn so vieles fragen.

„Dein Akzent klingt schottisch oder irisch", wagte ich einen Vorstoß.

„Ich habe einige Zeit in Dublin verbracht."

„Warum Dublin?"

„Da konnte man gut Geld verdienen." Jonas zögerte, dann fügte er hinzu: „Und es gab da eine Frau."

Ich hob eine Augenbraue. „Eine rothaarige Frau?"

Jonas nickte langsam. „Ja."

Das Bild von Jonas mit einer anderen Frau erschien vor meinem inneren Auge, bevor ich es verhindern konnte. Seine Hände in ihrem Haar, während er sie küsste. Sein großer, gestählter Körper über ihr, während sich sein Gesicht vor Lust verzog. Ich runzelte die Stirn.

„Hast du sie geliebt?" fragte ich.

Jonas drehte den Kopf zur Seite, zu der Reihe leerer Tische neben uns, und seufzte. „Ich weiß es nicht. Manchmal dachte ich, es wäre so, aber mir gingen damals eine Menge verrückte Dinge durch den Kopf."

Mein Herz pochte in meiner Brust.

„Warum habt ihr euch getrennt?"

„Wir haben uns viel gestritten. Nach einer Weile gab es nur noch Streit. Und Sex. Am Ende fühlte sich auch der Sex wie ein Streit oder vielmehr wie ein Kampf an." Jonas' Gesichtsausdruck war unergründlich.

Sex und Streiten. Wie wäre das wohl mit Jonas? Trotz seiner Körpergröße hatte er im Bett nichts versucht, das mich irgendwie … eingeschüchtert hätte. Ganz im Gegenteil. Er hatte sich völlig anders verhalten, als ich es von einem Mann erwarten würde, der im Gefängnis gewesen war.

Ich schob mir eine Haarsträhne hinters Ohr. Wenn ich etwas über seine Vergangenheit wissen wollte, war jetzt der richtige Zeitpunkt für Fragen.

„War sie diejenige, mit der du in Paris

warst?"

Jonas nickte.

„Die Frau aus deinem Roman?"

Jonas zuckte mit den Schultern. „Zum Teil."

„Du hast gesagt, die Figur in deinem Roman wäre Amerikanerin, keine Irin", sagte ich.

„Stimmt. Sagen wir einfach, dass ich in dem Buch meine eigene Geschichte etwas umgeschrieben habe."

Weiter ging er nicht ins Detail. Jetzt musste ich sein Buch wohl doch lesen, aber wahrscheinlich war es besser, wenn er dann nicht in meiner Nähe wäre.

„Ich hatte noch nie Sex mit jemandem, wenn wir gestritten haben", erzählte ich.

„Wie war es denn, als es mit dir und Neil zu Ende ging?"

„Wir hatten einfach keinen Sex mehr", erwiderte ich. „Er sagte, ich sei zu gefühlskalt, um sexy zu sein."

Jonas murmelte ein paar Worte vor sich hin und schüttelte den Kopf. „Klingt für mich wie ein echter Scheißkerl."

„Ja, das ist er", sagte ich. „Aber es hat eine Weile gedauert, bis diese Seite zum Vorschein kam."

Unerwartet stiegen mir Tränen in die Augenwinkel und ich blinzelte sie weg. Warum zum Teufel kümmerte es mich, was Neil dachte?

„Er hat dich wirklich verletzt", bemerkte Jonas leise. „Was hat er sonst noch gesagt?"

Meine Wangen brannten. Ich hatte Neils letzte Worte noch nie jemandem gegenüber wiederholt. Aber warum in aller Welt sollte ich es nicht tun?

„Er meinte, Frauen wie ich würden alleine enden."

Jonas' Gesicht wurde vor Zorn ganz rot. „Was zur Hölle soll das denn bedeuten?"

Ich schluckte schwer.

„Ich weiß es nicht", flüsterte ich. „Er hat mich gefragt, ob ich mit ihm zusammenziehen und ihn eines Tages vielleicht sogar heiraten wollte, und ich habe abgelehnt. Damit fing das alles an."

Jonas beobachtete mich. Sein Gesicht war immer noch gerötet und an seinem Halsansatz pochte eine Vene. Ich musterte ihn, um einen Hinweis darauf auszumachen, was er dachte, aber seine Miene war nicht zu durchschauen. Jonas würde solche Dinge, wie Neil sie mir nach diesem Fiasko von Abendessen an den Kopf geworfen hatte, niemals laut aussprechen, aber gingen sie ihm vielleicht auch durch den Kopf? Nicht, dass es eine Rolle spielte.

„Willst du denn eines Tages heiraten?", fragte er sanft.

Er meinte ja gar nicht, ob ich *ihn* heiraten wollte. Warum also hämmerte mein dummes Herz schon wieder wie wild?

Ich rang mir ein kleines Lächeln ab. „Ich weiß nicht, ob ich der Typ dafür bin."

Jonas nickte.

Der Kellner brachte mir ein Glas Wein und ein Glas Wasser für Jonas.

„Keinen Wein für dich?" fragte ich.

„Nein", erwiderte er. „Ich trinke normalerweise nicht viel. Das ist wahrscheinlich für alle besser so."

Er nahm einen langen Schluck aus seinem Wasserglas. Ich rückte mich auf meinem Stuhl zurecht und unter dem kleinen Tisch streiften unsere Knie aneinander.

Jonas sah wieder hoch und in seinen Augen loderte Wut. „Wenn ich diesem Neil jemals begegne, werde ich mich bremsen müssen, dem Arschloch nicht die Fresse zu polieren."

Mein Herz schlug schneller, als ich mir die Szene vorstellte. Neil im schicken Anzug auf dem Bürgersteig der Sixth Avenue, den es wie aus heiterem Himmel trifft. Und Jonas an meiner Seite. Ein tolles Gefühl, auch wenn ich mir das nur ungern eingestand.

5

ALS ICH VON der Toilette zurückkam, waren unsere Teller bereits abgeräumt worden.

Jonas starrte mit gerunzelter Stirn aus dem Fenster in die Ferne. Ich nahm wieder Platz und sein entrückter Gesichtsausdruck verschwand. Er lächelte und die Lachfältchen um seine Augenwinkel kräuselten sich. Und mich traf es erneut, wie schön der Mann war.

„Was steht heute Abend als Nächstes auf dem Programm?", fragte er.

Ich ließ den Blick durch das kleine Restaurant schweifen. Langsam trudelten mehr Gäste ein, aber die Tische neben uns waren noch leer. Ich trank den Rest meines Weins aus und atmete tief durch. Schluss mit der Zurückhaltung.

„Du hattest mir doch ein bisschen Französischunterricht in Sachen Bettgeflüster versprochen", sagte ich.

Seine Augen wurden ganz dunkel. „Und den hättest du jetzt gern?"

Ich nickte.

„Was möchtest du denn lernen?" fragte er mit leiser, tiefer Stimme.

Ich lehnte mich näher zu ihm. „Wie sagt man: *Fick mich*?"

Er schloss die Augen und schluckte. „*Baise moi.*"

„*Baise moi*", wiederholte ich. Dann flüsterte ich es noch mal. „*Baise moi.*"

Mein Herz veranstaltete seltsame Dinge, es flatterte und pochte wie wild, als er die Augen wieder öffnete. Sein Blick wurde heißer, hungriger.

„Was willst du noch lernen?", stöhnte er.

Ich zögerte. Aber warum? Das war doch meine Chance, Dinge auszuprobieren. Frei zu sein.

„Wie sagt man *Lutsch mir den Schwanz*?"

„*Suce-moi la bite.*" Jonas stieß zischend die Luft aus, dann lachte er. „Wiederholst du das auch?"

„Nein." Ich lächelte. „Ich will es nur verstehen können, wenn du es zu mir sagst."

Er murmelte etwas Unverständliches und schob eine Hand unter den Tisch. Bekam er gerade einen Ständer? Gut. Aber ich war noch nicht fertig.

„Und *Schluck es*?" flüsterte ich und zog die Worte in die Länge. „Was heißt *Schluck es*?"

Jonas' Blick explodierte förmlich vor Lust. „*Avale*, Alice", stieß er hervor. „*Avale.*"

Ich schob meinen Stuhl zurück und stand auf. „Bist du so weit?"

Jonas lachte düster. „Du bist gut, Alice."

ALS WIR UNS dem Eiffelturm näherten, bog der Taxifahrer ab und wir entfernten uns vom Fluss. Ich sah zu Jonas. Die Ausbuchtung in seiner Hose war nicht mehr ganz so auffällig, aber zwischen uns knisterte es immer noch enorm.

Morgen um diese Zeit würde Jonas im Flugzeug zurück nach Stockholm sitzen und ich wäre irgendwo über dem Atlantik. Am Montagmorgen würde ich ins Büro gehen und meinem Chef die Übersetzung des ersten Kapitels von Jonas' Buch überreichen, als wäre es irgendein x-beliebiger Roman, den ich von der Stockholmer Buchmesse mitgebracht hatte. Ich würde niemandem erzählen, warum ich meinen Flug umgebucht hatte. Ich würde das alles einfach hinter mir lassen.

Ich würde in Meetings sitzen und darüber debattieren, welche Bücher am besten ins Portfolio von Boars & Allen passten. Und diese Nacht, eine der besten Nächte meines Lebens, würde mir vorkommen, als hätte jemand anderes sie erlebt.

Jonas zog mich näher an sich, an seine starke Brust. Die Wärme seines Körpers drang durch unsere dünne Kleidung. Für uns gab es keine Zukunft, aber wenn ich mich in der Unendlichkeit des Augenblicks verlieren könnte, würde es sich morgen vielleicht nicht wie ein Fehler anfühlen.

Noch eine letzte Nacht.

Das Taxi hielt vor einem großen Steingebäude und ich öffnete die Tür. Während der Taxifahrt hatte sich der Himmel verdunkelt. Violette Wolkenstreifen zogen über das Tiefrot der untergehenden Sonne. Warm und schwer umwehte uns die Abendluft.

Jonas bezahlte das Taxi, wogegen ich nichts einzuwenden hatte. Er wechselte ein paar Worte auf Französisch mit dem Fahrer, dann kam er zu mir und schob seine große, warme Hand in meine. Der Eiffelturm war nirgends zu sehen.

Wir überquerten die Straße und gingen auf die Treppe zwischen zwei länglichen Steingebäuden zu. Andere Paare schlenderten über den Gehweg am oberen Ende der Treppe und hinter uns leuchtete der Abendhimmel. Jonas und ich waren schon halb die Stufen hinauf, als ich erkannte, warum wir hierhergekommen waren. Vor uns, jenseits des offenen Platzes, zu dem die Treppe führte, ragte der von Lichtern gesäumte Eiffelturm in die Höhe.

„Oh", flüsterte ich.

„Fantastisch, oder?"

„Fantastisch", hauchte ich. „Ich habe schon Unmengen Fotos vom Eiffelturm gesehen, aber ihn bei Nacht so aus der Nähe zu erleben, ist etwas ganz Besonderes."

Unsere Schuhe klackerten auf den Stufen.

„Habe ich mich schon fürs Abendessen bedankt?" fragte ich. „Du hättest nicht bezahlen müssen, weißt du."

Er blieb stehen und drehte sich zu mir. „Uns bleibt nicht mehr viel Zeit, *Alice*. Ich möchte dich ausführen und noch ein bisschen länger so tun, als ob du meine Freundin wärst."

Bevor ich seine Bemerkung richtig verarbeiten konnte, küsste er mich. Er drückte seine Lippen auf meine und legte mir die andere Hand in den Nacken. Ich spürte seinen warmen Atem auf meinem Gesicht, als er mich noch einen Augenblick lang so hielt. Das war kein Schlafzimmerkuss. Es fühlte sich beinahe an wie ein Abschiedskuss.

Ich schluckte den Kloß in meinem Hals hinunter und suchte nach Worten. „Und wie kannst du dir solche Dinge leisten? Ist deine Familie reich?"

„Bei weitem nicht", entgegnete er. „Das Geld stammt von meinen Büchern."

Ich zog die Augenbrauen hoch. „Die meisten Schriftsteller kommen kaum über die Runden."

Jonas lachte. „Ich schreibe eine Menge Bücher und habe nicht vieles, wofür ich Geld ausgeben könnte. Ich wohne in einer kleinen Zweizimmerwohnung ein paar Blocks von der Kneipe entfernt, in der wir uns kennengelernt haben, und ich gehe nicht oft aus."

„Aber du verdienst genug, um mal eben schnell mit nur zwei Tagen Vorlauf nach Paris zu fliegen."

„Vielleicht muss ich jetzt vorübergehend alle anderen Angebote auf heiße Wochenenden in Paris mit sexy Frauen ausschlagen."

Oh. Ich rang mir ein Lächeln ab.

Seine Augen wurden größer und er blieb stehen. Mit ernstem Gesicht erklärte er: „Es gibt für mich keine anderen Wochenenden in Paris, Alice. Ich dachte, das hätte ich klargestellt. Ich verbringe die meisten Tage allein. Das ist besser so."

Besser so? Schon zum zweiten Mal drückte er sich nun so aus. War dieses Leben eine Strafe, die er sich selbst auferlegt hatte? Hatte er deswegen die Möglichkeit eines Treffens in New York so rundweg ausgeschlossen?

Ich schloss die Augen. Kein Wunder, dass meine Mutter nie Nein zu meinem Vater hatte sagen können. Meine Eltern hatten sich fast ihr ganzes Leben lang gekannt. Ich war Jonas erst vor zwei Tagen begegnet und schon wollte ich ihn retten. Ihn von seiner Vergangenheit erlösen. Ihn zurück ins Hotel schleppen und seine Fantasien mit ihm ausleben. Und mich meiner eigenen Fantasievorstellung hingeben, dass ein Mann wie Jonas mehr als nur Herzschmerz für mich bereithalten könnte.

Ich begegnete seinem Blick und lächelte leicht. „Der Eiffelturm ruft nach mir."

Unsere Schritte hallten über den offenen Platz, als wir uns dem riesigen Turm näherten. Ich ging etwas langsamer, um den Anblick aus jeder neuen Perspektive in mich aufzusaugen. Wir überquerten den Platz, folgten einem breiten Weg zwischen zwei Gebäuden, die das Ebenbild des jeweils anderen zu sein schienen, bis hin zum oberen Ende einer langen Treppe. Am Fuß der Treppe erstreckte sich ein langes Wasserbecken bis kurz vor den Eiffelturm. Darin befanden sich in regelmäßigen Abständen symmetrische, beleuchtete Wasserfontänen, die sich mit jedem Strahl deutlich gegen die Abenddämmerung abzeichneten. Der Lärm der Stadt wurde von den Gebäuden hinter uns gedämpft.

Jonas legte mir die Arme um die Taille und ich lehnte mich an seine muskulöse Brust, während wir den Ausblick auf die Stadt vor uns genossen.

Ein anderes Pärchen kam uns Arm in Arm auf der Treppe entgegen. Der Mann flüsterte der Frau etwas ins Ohr und sie lachte und küsste ihn. Zu Hause in New York ignorierte ich solche Pärchen, so gut ich konnte. Glückliche Pärchen. So etwas hielt das Schicksal einfach nicht für mich bereit. Aber heute Nacht vielleicht ja doch. Ich sah zu Jonas hoch, dessen Gesicht in all den Lichtern strahlte.

„Das ist so magisch, Jonas", flüsterte ich. Magisch genug, das Unmögliche möglich erscheinen zu lassen.

Jonas trat eine Stufe tiefer und drehte sich zu mir. Er war immer noch größer als ich, jetzt aber nur noch ein bisschen. Er streichelte mir mit den Fingerrücken über die Wange. Sanft kostete er meine Lippen und in diesem Kuss lagen so viel Sehnsucht und das Bewusstsein, dass sich unsere gemeinsame Zeit immer mehr dem Ende näherte.

Wieder und wieder kostete er mich, bis ich die Augen schloss, meine Hände in seinem Haar vergrub und ihn ganz nah an mich zog. Ich spürte seinen Körper mit allen Sinnen, und doch konnte ich ihm noch immer nicht nahe genug kommen. Seine Zunge liebkoste meine, streichelte sie, wie eine Einladung. Er zog mich fest an sich und hob mich an, damit unsere Körper noch enger verbunden waren, und ich drängte die Hüften gegen seine harte Erektion.

Oh, Gott. Wir waren drauf und dran, die Beherrschung zu verlieren, direkt hier auf den Stufen vor dem Eiffelturm. Ich brach den Kuss ab. Der Klang meiner rauen Atemzüge verschmolz mit den Geräuschen der Stadt hinter uns. Jonas schmiegte sein Gesicht an meinen Hals und ich atmete seinen Duft ein. Wie konnte ein Mann nur so gut riechen?

Langsam drang der Rest der Welt wieder in mein Bewusstsein vor.

„Wow", sagte Jonas und seine Stimme klang rau. „Findest du langsam Gefallen an Zuneigungsbekundungen in der Öffentlichkeit?"

Ich lächelte. „Heute Nacht ja. Noch eine letzte Nacht, richtig?"

„Noch eine letzte Nacht", wiederholte er.

5

DAS HOTELZIMMER war schwach vom Lichtschein der Stadt erhellt. Mein ganzer Körper war erfüllt von einem leisen Kribbeln, als ich die Flügeltüren zu dem kleinen Balkon öffnete. Kühle Nachtluft strömte herein.

Ich drehte mich zu Jonas um und er strich mir die Locken aus dem Gesicht. Sein Daumen streichelte über meine Haut.

„Es ist also so weit", sagte ich leise. „Noch diese letzte Nacht in Paris und dann ist es vorbei."

Jonas runzelte die Stirn und wandte den Blick ab. „Es geht nicht anders."

Aber was wäre, wenn ich wieder zur Stockholmer Buchmesse käme? Mein Verstand suchte wie wild nach einem Schlupfloch, einem Weg, den Abschied nicht so endgültig zu machen.

Aber ich würde nicht noch mehr Grenzen überschreiten, Grenzen, die ich mir aus guten Gründen selbst gesetzt hatte. Ich würde ihn nicht um ein Wiedersehen anbetteln. Niemals.

Ich suchte nach Worten, die nicht ganz so verzweifelt klangen.

„Was ist, wenn Boars & Allen dein Buch kauft?" fragte ich. „Was, wenn du zu uns ins Büro kommst? Was machen wir dann?"

Er verzog das Gesicht, als bereite ihm die Vorstellung körperliche Schmerzen. Doch bevor ich reagieren konnte, legte er mir die Hand in den Nacken, zog mich näher zu sich und vergrub sein Gesicht in meinem Haar.

„Wenn du mein Buch erst gelesen hast, wirst du nichts mehr mit mir zu tun haben wollen", flüsterte er. „Also lass uns diese letzte Nacht zu etwas Unvergesslichem machen."

Seine Worte hallten in dem dunklen Raum nach. War das wahr? Wie schlimm musste die Geschichte wohl sein, um mich abzuschrecken? Und meinte er damit, dass das, was er geschrieben hatte, der Realität entsprach? Auf keine dieser Fragen bekäme ich jetzt eine Antwort, selbst wenn ich ihn fragen würde.

Noch eine letzte Nacht.

„Bist du immer so?" fragte ich.

Er runzelte die Stirn. „Was meinst du?"

„Bei Frauen", erklärte ich mit gesenktem Blick. „Ich meine, ich kannte früher jede Menge Typen mit einer ähnlichen Vergangenheit wie deiner, und keiner von ihnen war besonders … zärtlich."

Er nahm einen tiefen Atemzug und stieß ihn langsam wieder aus. „Vor dem Gefängnis war das anders."

„Und jetzt bist du geläutert?" fragte ich mit einem kleinen Lächeln.

Er lachte trocken. „Da sieht man mal, was das schwedische Strafvollzugssystem bewirken kann."

Er streichelte mir über die Wange und zeichnete mit den Fingerspitzen meine Brauen nach.

„Ich glaube, ich sehe es so", fuhr er einen Augenblick später fort. „Bevor ich das letzte Mal eingesessen habe, kannte ich nichts anderes. Ich war ein bisschen rauer und habe auch immer Frauen gefunden, die das mochten."

Ich zog ihm die Hemdzipfel aus der Hose und ließ meine Hände über seine nackte, heiße Haut gleiten. Seine Muskeln zuckten unter meiner Berührung und er rückte näher.

„Bist du sicher, dass du darüber reden willst?", fragte er. „Jetzt?"

Ich nickte.

Er zog die Stirn leicht in Falten. „Im Gefängnis geht es nicht gerade sanft zu. Aber es gab dort diese Bibliothekarin, und alle haben Schlange gestanden, nur um im selben Raum wie sie sitzen zu dürfen. Einfach, weil sie eine Frau war. Sie war nicht hübsch, aber liebenswürdig, wie eine Schwester, die man vor all dem Schlimmen beschützen wollte, das einen an so einem Ort umgibt. Jede Woche kam sie und saß da, umringt von all den schrecklichen Dingen, die wir getan hatten. Sie wusste, warum wir im Knast waren, und trotzdem lag ihr genug an uns, um immer wiederzukommen. Sie sah trotz allem noch etwas in uns, das der Mühe wert war."

Er fuhr sich mit der Hand durch die Haare.

„Und da hat irgendetwas bei mir Klick gemacht", erklärte er leise. „Ich dachte mir, vielleicht finde ich ja, wenn ich wieder draußen bin, mit etwas Glück jemanden, der etwas in mir sieht, das der Mühe wert ist."

Der Mühe wert? Bei seinen letzten Worten musste ich blinzeln.

„Ich habe nicht viel zu geben", erklärte er mit rauer Stimme. „Ich habe schlimme Dinge getan, die ich nicht ungeschehen machen kann. Aber vielleicht darf ich eines Tages den richtigen Menschen lieben. Und vielleicht sogar jemand für sie sein, der die Mühe wert ist."

Er war auf der Suche nach jemanden, den er lieben konnte. Es war so einfach, und im Augenblick, da ich seine Haut unter meinen Fingern spürte und seinen Duft einatmete, konnte ich so tun als ob. Für diesen Augenblick konnte ich jener Mensch sein. Ich lehnte mich an seine Brust und schloss die Augen.

„Und du glaubst, die Dinge, die du früher getan hast, die ..." Ich zögerte, „gröberen Dinge – du glaubst, mit dem richtigen Menschen tut man so etwas nicht?"

Sein ganzer Körper reagierte. Als ich seinen Blick auffing, loderte unbändige Lust in seinen Augen und der Griff seiner Hände auf meinen Hüften wurde fester. Er starrte mich lange an und sein Blick brannte. Was er sich jetzt gerade wohl vorstellte?

Dann stöhnte er und ließ mich los.

„Ja, das glaube ich", murmelte er, doch seine Augen schimmerten immer noch hoffnungsvoll.

„Aber ich bin nicht der richtige Mensch."

Das Feuer in seinen Augen loderte auf. *Du bist der richtige Mensch,* verriet mir sein Blick.

Nein. Wie konnte er mich jetzt so ansehen, als wäre ich alles, was er sich je gewünscht hatte? Das war einfach nicht fair. Er rührte an jedem meiner wunden Punkte und brachte meine Entschlossenheit, ihn nicht um mehr zu bitten, ins Wanken. Es reichte.

Wenn er die Grenzen für das festlegen konnte, was nach Paris passieren würde, würde ich die Regeln für heute Nacht aufstellen.

Ich holte tief Luft. „Weißt du noch, damals in Stockholm bei unserem ersten Mal, als du mich …?" Jetzt oder nie. „Als du mich festgehalten hast. Sehr fest."

Jonas versteifte sich und ein angstvoller Ausdruck erschien in seinen Augen. „Ich würde nie etwas tun, das du nicht willst, Alice."

„Ich weiß, Jonas", flüsterte ich. „Ich rede davon, was mich angetörnt hat."

Jonas' Kiefermuskeln arbeiteten und seine Augen waren dunkel und gaben nichts preis. Seine Halsschlagader pulsierte. „Worum bittest du mich?"

Ich schluckte schwer. „Ich will sehen, was passiert, wenn ich mich ein bisschen wehre."

Sein Atem wurde schnell und rau. Er wandte den Kopf ab und fuhr sich mit der Hand durch die Haare. „Keine gute Idee."

„Das törnt dich nicht an?" Ich biss mir auf die Lippe. „Wie hast du es ausgedrückt? Sex, der sich wie ein Kampf anfühlt."

Er schüttelte den Kopf, aber seine Hüften drängten sich unwillkürlich an meine und seine Erektion zuckte. Zwei widersprüchliche Antworten.

„Du lügst", sagte ich.

Jonas stieß ein paar unverständliche Worte aus.

„Ich will es nur ausprobieren", erklärte ich hastig. „Nichts allzu Grobes. Ich kann ja ein Safeword verwenden oder –"

„Nein.", fiel er mir mit hartem Blick ins Wort. „Wir begeben uns nicht auch nur in die Nähe von Safewords. Sobald du Nein sagst, hören wir auf. Das ist nicht verhandelbar."

Ich blinzelte und mein Herzschlag wurde schneller. „Heißt das, du willst es ausprobieren?"

„Ich weiß es nicht."

Straßenlärm hallte durch den Raum.

„Vielleicht nur die französischen Ausdrücke aus dem Restaurant?" flüsterte ich.

Er stöhnte auf und seine Augen brannten vor Lust, aber er rührte sich nicht.

„Ich möchte das gern ausprobieren, Jonas. Nur einmal." Ich hielt inne. „Und mir wäre es lieber, wenn ich es mit dir tun könnte."

Das war genau die Art von manipulativer Bemerkung, von der ich mir geschworen hatte, sie niemals einzusetzen. Die Andeutung, dass ich es mit einem anderen tun würde, wenn er mich abwies.

„Du spielst nicht fair, Alice", stieß er hervor, bevor er resigniert seufzte. Dann schenkte er mir den Anflug eines Lächelns, dunkel und leidenschaftlich. „Scheiße, du machst mich so hart."

Er nahm meine Hand und drückte sie gegen seine Erektion. Langsam bewegte er meine Hand auf und ab, fester, als ich es von alleine je getan hätte. Er beugte sich zu mir herab und flüsterte: „Bist du sicher, dass du dich darauf einlassen willst?"

„Ja."

„Dann knie dich hin", befahl er in etwas kühlerem Tonfall. „*Suce-moi la bite.*"

Er fixierte mich mit seinem Blick, starrte mich ohne jegliche Zurückhaltung an. Roh. Heißhungrig. Hier kam der andere Jonas zum Vorschein, der, den er stets an der kurzen Leine hielt. Ich ging auf die Knie und fummelte an seinem Gürtel herum. Seine enorme Länge drückte fordernd gegen seinen Reißverschluss. Vertraute ich auch dieser Seite an ihm? Rasch sah ich zu ihm auf und sein Blick wurde ein wenig weicher. Ja, ich vertraute ihm.

Ich knöpfte seine Jeans auf und zog vorsichtig den Reißverschluss herunter. Heute Vormittag hatte ich ja bereits eine atemberaubende Aussicht auf ihn genießen dürfen. Jetzt würde ich ihn aus unmittelbarer Nähe zu sehen bekommen.

„Hol ihn raus", befahl er, und erneut lag diese Kälte in seiner Stimme.

Ich zog ihm die Boxershorts über die Hüften und schlang die Finger um ihn. Angespannt stieß er in meine Hand und stöhnte. Er griff nach seinem Hemd, knöpfte es hastig auf, riss es sich vom Leib und zog sich das T-Shirt über den Kopf.

„Ich will es sehen", sagte er mit vor Verlangen schwerer Stimme. „Ich will zusehen, wie du mir den Schwanz lutschst."

Bei seinen Worten durchlief mich eine Schockwelle der Lust. Irgendwo tief in mir blinkten Warnlichter auf. Ich war dabei, alles über Bord zu werfen, was ich mir selbst geschworen hatte. Jonas war genau der Typ Mann, der mich ins Unglück stürzen würde, der mich dazu bringen würde, all das zu wollen, was ich nicht haben konnte. Aber ich war zu neugierig, zu erregt, um aufzuhören.

Seine Eichel glänzte und ich fuhr mit der Zunge darüber.

„So ist es richtig", brachte er mit heiserer Stimme hervor. „Jetzt nimm ihn in den Mund."

Ich bog seine Erektion ein wenig nach unten und nahm sie in den Mund. Jonas stieß einen langen Schwall Fremdwörter aus, also zog ich mich zurück und tat es noch einmal. Lustgestöhn hallte durch den Raum, als ich ihn mit Zunge und Lippen erkundete. Ich schabte leicht mit den Zähnen über seine zarte Haut und er stieß einen Schrei aus, der irgendwo zwischen Schmerz und Ekstase lag.

Ich hielt inne und sah ihm in die Augen. Sein Blick war feurig, lebendig. Ich wollte sehen, wie dieser Mann außer Kontrolle geriet. Ich wollte, dass Jonas seine Selbstbeherrschung verlor.

„Mach weiter", knurrte er.

Er packte eine Handvoll meiner Haare und dirigierte mich, dieses Mal schneller. Das tiefe Grollen in seiner Brust trieb mich an. Ich, Alice O'Connor, würde diesen Mann dazu bringen, dass er nicht mehr an sich halten konnte.

Doch dann hielt er inne. Er lockerte den Griff um mein Haar und murmelte etwas vor sich hin. Er zog sich aus meinem Mund zurück und sein Gesicht war verzerrt wie eine Grimasse des Schmerzes.

„Das gefällt dir wirklich, stimmt's?" Es war eine Feststellung, keine Frage, und seine Stimme war ein heiseres Knurren. „Du willst mich in die Knie zwingen."

Ich sah zu ihm hoch. Ja, genau das wollte ich. Und er würde es mir nicht zugestehen.

Er zog mich auf die Beine, führte mich zum Bett und dirigierte mich auf die Bettkante. Dann schob er mir das Kleid hoch und zog mir das Höschen bis zu den Knien herunter.

„Willst du die Wahrheit wissen?", knurrte er. „Es gibt Dinge, die mich noch härter werden lassen als dein süßer Mund."

Mit einer Hand packte er meine Hüfte und hielt mich fest. Mit der anderen schob er seine Erektion langsam über meine Mitte. Oh, Gott. Ich erzitterte, als er immer weiter kreisende Bewegungen mit seiner Eichel beschrieb, bis schließlich mein ganzer Körper bebte.

„Du bist so feucht", stieß er zwischen zusammengebissenen Zähnen hervor.

Ich wiegte mich nach hinten, doch er hielt mich fest und stöhnte finster.

Jetzt hatte er wieder die Kontrolle. Er setzte seine langsame, verführerische Folter fort, verharrte an jeder empfindlichen Stelle, reizte mich, bis ich aufstöhnte. Ich neigte die Hüften, aber er ließ nicht zu, dass ich mich bewegte. Eine Welle der Lust jagte durch mich hindurch.

„Was willst du, Alice?" Er holte ein paar Mal scharf Luft. „Denn ich glaube nicht, dass du daran interessiert bist, dich zu wehren oder zu kämpfen."

„Du irrst dich", flüsterte ich. „Es erregt mich. Und ich kann spüren, dass es auch dich erregt." Ich wehrte mich gegen seine Hand, um mein Argument zu unterstreichen.

„Mach weiter, Jonas", hauchte ich.

Er krallte mir die Finger in die Hüfte und stieß zu, und seine Erektion glitt zwischen meine Beine. „Du schaffst es noch, dass ich komme, bevor wir überhaupt angefangen haben."

Er ließ mich los und ging weg, und ich stand da mit meinem Höschen in den Kniekehlen über das Bett gebeugt. Sollte ich etwa so warten? Ich drehte mich um, setzte mich aufs Bett und zog mir den Slip aus.

Jonas kramte in seinem Seesack und zog ein Kondom heraus. Er kam zurück zum Bett und stellte sich vor mich, seine Erektion nur Zentimeter von meinem Gesicht entfernt. Er streichelte mir mit der Hand über die Wange.

„Wonach suchst du, Alice?", flüsterte er. „Ich würde das gern klären. Denn schon allein die Vorstellung, dass du irgendeinen anderen Mistkerl darum bittest, dich so zu behandeln, dass du dich wehrst, weckt in mir sehr finstere Gedanken."

Ich runzelte die Stirn. „Ich möchte das mit dir tun. Nicht mit irgendjemand anderem", sagte ich leise.

Er schloss die Augen und holte tief Luft. Dann reichte er mir das Kondom.

„Zieh es mir über". Da war er wieder, der kalte Befehlston.

Beim Klang seiner Stimme durchzuckten mich Funken der Erregung, und meine Finger zitterten, als ich die Verpackung aufriss. Ich spielte ein wenig mit seiner harten, langen Erektion, während ich das Kondom abrollte. Er zog mir das Kleid aus und ließ es zu Boden fallen. Ich rutschte weiter nach hinten auf dem Bett und Jonas folgte mir und beugte sich über mich.

Er ließ sich zwischen meinen Beinen nieder. Es war der Inbegriff der Missionarsstellung, aber Jonas hatte rein gar nichts von einem Missionar an sich. Er war animalisch, unberechenbar, und sein ganzer Körper war angespannt. Was würde jetzt passieren?

Er ließ sich auf die Ellbogen sinken, sodass ich unter ihm gefangen war. Ich testete die Fesseln seines Körpers und bei jeder Bewegung verspürte ich einen köstlichen erotischen Rausch. Wie konnte er abstreiten, dass wir beide Spaß an einem kleinen Machtspielchen fanden? Jedes Mal, wenn ich mich bewegte, drückte seine Erektion gegen mich.

Seine Augen waren ganz dunkel und voller Leidenschaft. „Weißt du, wonach du meiner Meinung suchst?"

Mir stockte der Atem. Er redete nicht mehr nur von meinen Vorlieben im Bett. Was würde er wohl sagen? Verschiedene Antworten schossen mir durch den Kopf, Dinge, die ich nicht haben konnte. Dinge, die nichts in diesem kleinen Hotelzimmer verloren hatten.

Ich schloss die Augen. „Wonach suche ich denn, Jonas?"

Seine Atemzüge drangen mir sanft ins Ohr. „Ich glaube, du läufst genauso vor deiner Vergangenheit davon wie ich. Ich glaube, du suchst jemanden, bei dem du nicht mehr davonlaufen musst."

Ich hielt inne. Seine Bemerkung war ganz unverblümt, so als hätte er einen Blick auf meine geheimsten Gedanken erhascht, Gedanken, die ich noch nicht einmal selbst ganz zu Ende gedacht hatte.

„Du spielst auch nicht fair", flüsterte ich.

Ich löste meine Hand aus seinem Griff und umfasste seine Wange. Ich ließ meine Finger über die Narbe an seinem Kiefer streifen, seinen sehnigen Hals hinab, über seine sich hebenden und senkenden Brustmuskeln bis zu dem Vogeltattoo. Es war ein hässliches schwarzes Geschöpf mit einem schmerzvoll verdrehten Flügel. Jonas schloss die Augen, als ich das kleine Bild mit den Fingern nachzeichnete, und zog die Mundwinkel nach unten.

„Das suchst du doch auch, Jonas", flüsterte ich.

Seine Kiefermuskeln arbeiteten, aber er erwiderte nichts. Sein Brustkorb auf meinem wurde von schweren Atemzüge gedehnt und wieder zusammengezogen und seine Halsschlagader pulsierte. Nach langen Augenblicken des Schweigens küsste er mich zärtlich und legte seine Stirn an meine. Seine Erektion presste gegen meine Mitte.

Ich schob die Finger in sein Haar und berührte seine Lippen mit meinen. „Und was fangen wir jetzt mit dieser Erkenntnis an?"

„Wir ficken", antwortete er ganz leise.

Ich hauchte ihm noch einen Kuss auf die Lippen. *„Baise-moi."*

Jonas fasste sich zwischen die Beine und brachte sich in Position. Mit einem harten Stoß seiner Hüften drang er tief in mich ein. Ich schnappte nach Luft. Nichts auf der Welt fühlte sich so gut an, so richtig. Seine rauen Atemzüge wurden schneller und auf seiner Stirn schimmerte schwacher Schweißglanz im Mondlicht.

Er packte meine Hand, verschränkte seine Finger mit meinen und hielt sie über meinem Kopf fest. Dasselbe hatte er heute schon einmal getan, doch diesmal war es anders. Intensiver. Dann begann er sich zu bewegen. Bei jedem köstlichen Stoß zogen sich seine Muskeln zusammen. Mit der anderen Hand spielte er mit meiner Brust, neckte sie, und mich durchfuhren Blitze der Lust. Ich stöhnte auf und schlang die Beine um ihn. Seine dunkelblauen Augen bohrten sich in meine, ungestüm, voller Verlangen.

Für Jonas war das hier kein Fick. Sondern ein Abschied. Von mir. Von allem, was aus uns hätte werden können, wenn unsere Leben anders aussähen. Ich schluckte den Kloß im Hals hinunter und zog sein Gesicht zu mir herab. Unsere Lippen fanden in einem heißen, stürmischen Kuss zueinander. Er erwiderte jedes Streicheln meiner Zunge, jeden zärtlichen Biss. Ich keuchte und keuchte, als er immer heftiger in mich eindrang. Er packte meine Hand fester und seine Hüften bewegten sich schneller, härter.

Alles in mir explodierte wie eine überwältigende Eruption. Mein Körper zitterte, als Welle um Welle der Lust über mich hinwegrollte. Jonas folgte mir mit tiefen, kehligen, verzweifelten Schreien, während er die letzten Male in mich eindrang.

Er stöhnte und sein Körper lag schwer auf meinem, aber keiner von uns rührte sich. Ich hätte für immer so liegenbleiben können. Er beugte den Kopf hinab und liebkoste mein Ohrläppchen mit den Lippen. Er küsste meinen Hals und hielt mich ganz fest. Es gab nichts mehr zu sagen, also verabschiedete ich mich mit einem Kuss von ihm und zog ihn ganz eng an mich.

Vielen Dank, dass Sie *Versuchung* gelesen haben! Möchten Sie noch mehr über die Geschichte von Jonas und Alice erfahren?

***

Jonas' Vergangenheit ist aufgedeckt. Und ich weiß, dass ich nie mit einem Mann wie ihm zusammen sein könnte.

Aber als er in New York auftaucht, ist die Chemie zwischen uns genauso stark wie in Paris. Kann ich die Dinge, die er getan hat, jemals mit dem Mann in Einklang bringen, bei dem ich mich lebendiger fühle als je zuvor in meinem Leben?

***

Lesen Sie die letzte Hälfte der Geschichte in *Erlösung!*

ÜBER DIE AUTORIN

Rebecca Hunter ist Schriftstellerin und Übersetzerin, deren Liebe schon immer dem Lesen und Reisen gilt. Sie besitzt zwar einen Bachelor-Abschluss in Englisch und einen Master-Abschluss in Englisch als Lehramt, doch das meiste, was sie über das Schreiben von Liebesromanen gelernt hat, stammt aus anderen Quellen.

Im Laufe der Jahre lebte sie an vielen Orten, darunter Michigan, wo sie aufgewachsen ist, New York, San Francisco und natürlich Stockholm. Nach ihrem letzten Umzug von Schweden zurück in die San Francisco Bay Area schworen sie und ihr Mann sich, nie wieder umzuziehen. Na ja, höchstwahrscheinlich nie wieder.

Ihr Debütroman, *Stockholm Diaries, Caroline,* wurde 2016 mit dem „National Excellence in Romance Fiction Award" (NERFA) ausgezeichnet. *Best Laid Plans,* das erste Buch ihrer „Blackmore Inc."-Serie für die Harlequin DARE-Reihe, gewann den NERFA- und den HOLT-Medaillon-Wettbewerb 2019 und erhielt eine Sterne-Rezension vom Library Journal.

Herzklopfen in wilden Nächten

Als der Streit mit ihrem Ex zu eskalieren droht, kommt Marianna ein muskulöser, gut aussehender Mann zu Hilfe: ausgerechnet Simon, ihre Jugendliebe! Elf Jahre lang hatten sie keinen Kontakt, aber jetzt braucht Mari den sexy Bodyguard mehr denn je. Denn sie will unbedingt herausfinden, welche dunklen Machenschaften ihr Ex im Namen ihrer gemeinsamen Firma betreibt, und das kann richtig gefährlich werden! Doch noch mehr Herzklopfen bescheren Mari die heißen Küsse ihres Beschützers Simon und bald auch die wilden Nächte mit ihm …

Paradies auf Green Island

Bei Natashas Anblick verschlägt es Max den Atem! In ihrem hautengen Wetsuit steigt sie aus dem Meer, und die glitzernden Wassertropfen rinnen an ihren herrlichen Kurven herab ... Gemeinsam verbringen sie aufregende Tage und lustvolle Nächte auf einer paradiesischen Insel vor der Küste Australiens und erfüllen einander ihre geheimsten Fantasien. Erst als Max seine Gefühle ins Spiel bringt, zieht Natasha sich unvermittelt von ihm zurück. Wie kann er seine Traumfrau überzeugen, dass er kein Playboy ist, sondern der Richtige für sie - für immer?